JOCELYNE

L'escapade de Mona Lisa

Illustrations de
THIERRY CHRISTMANN

Castor Poche Flammarion

Jocelyne Zacharezuk, l'auteur, est née à Paris en 1950. Parallèlement à de nombreux voyages, elle a fait des études de lettres, d'histoire de l'art et d'archéologie.

Son premier conte pour enfants est un hommage à Federico Garcia Lorca. Elle écrit aussi des poèmes et des romans pour adultes.

Lorsqu'elle s'adresse aux enfants, elle souhaite leur faire franchir le seuil de la réalité pour entrer dans le fantastique. C'est alors que, d'un léger décalage, surgit la poésie. Comme lorsque le temps se met à jouer des tours aux héros du double secret ou que la Joconde, star bien vivante, entraîne ses jeunes amis dans une aventure à Florence.

L'auteur aime Mozart, Freud, sainte Thérèse d'Avila, le rock and roll et les présentateurs du journal télévisé.

Thierry Christmann, l'illustrateur, est né à Strasbourg en 1964. Il achète des bandes dessinées depuis l'âge de dix ans. Actuellement, deux murs de son atelier en sont recouverts ; les lire l'inspire parfois pour des histoires qu'il doit illustrer. Un accident de ski l'a un jour contraint à rester de longs moments immobiles, c'est là qu'il a commencé à dessiner. Sinon, peut-être serait-il aujourd'hui chercheur ou libraire. Quand il trouve le temps de ne pas dessiner, il aime se promener en forêt, en compagnie de son amie et de leur chien, à la recherche de ciel bleu, d'air pur et de grands espaces vallonnés.

L'escapade
de Mona Lisa

Castor Poche
Collection animée par
François Faucher, Martine Lang et Soazig Le Bail

Une production de l'Atelier du Père Castor

L'escapade de Mona Lisa :

Louis Duchamp est gardien au musée du Louvre dans la salle de la Joconde. Ce matin, comme tous les matins, il fait sa tournée. Mais que voit-il, ou plutôt que ne voit-il plus ? Mona Lisa a disparu de son cadre... Deux adolescents, Frédéric et Marie-Ange, partent sur les traces de la Joconde, qui est en route pour le pays de sa jeunesse !

Le livre du double secret :

Nelly subtilise un carnet rouge dans le bureau de son père. Peu à peu, elle découvre son étrange pouvoir. Il affole le temps, et, lorsque Nelly l'ouvre devant un tiers, celui-ci adopte une attitude étonnante... La jeune fille ne pourra s'empêcher d'user de son pouvoir, et parfois même d'en abuser... juste pour le plaisir.

Chapitre 1

— Oh, là, là... oui, je crois qu'il serait vraiment temps que je prenne des vacances ! murmura Louis Duchamp en finissant de boutonner la veste bleue de son uniforme de gardien.

Il salua ses collègues des Antiquités orientales et pénétra dans la Grande Galerie.

Le musée du Louvre était encore désert. Silencieux et plein du mystère laissé par les siècles passés. Des hautes fenêtres tombait une lumière terne. On était pourtant en plein mois de juin. Mais jamais, depuis dix ans, Louis Duchamp ne se souvenait d'un début d'été aussi triste. Il pleuvait presque tous les jours. Louis Duchamp avançait à pas pressés sur le parquet bien ciré, quand soudain il s'arrêta.

Il avait l'impression d'être suivi.

Il regarda autour de lui les œuvres du XVIIe siècle rassemblées à cet endroit. Oui. Pas de doute possible : la famille de paysans du tableau de Le Nain, dans leurs costumes sombres, tournait les yeux dans sa direction.

« Mon estomac me joue des tours ! Voilà maintenant que j'ai des visions ! » pensa-t-il. Il haussa les épaules et continua.

Mais un peu plus loin, la même chose se reproduisit. Nicolas Poussin, le grand peintre enveloppé dans sa cape sombre, lui jeta un regard courroucé.

Louis Duchamp, qui empruntait chaque matin, depuis près de dix ans, immuablement le même trajet, pensa qu'il était victime de son imagination.

Plus loin, le beau portrait d'homme de Philippe de Champaigne avança la main un peu hors du cadre. À côté, saint Joseph releva la tête et la petite fille qui l'accompagnait tendit plus haut la flamme vacillante de sa bougie.

Louis Duchamp s'arrêta, le souffle court.

« Que m'arrive-t-il ? Qu'est-ce qui leur prend aujourd'hui ? »

Lui qui avait toujours eu la tête solide, il ne put s'empêcher de voir là le signe avant-coureur d'une journée peu ordinaire. « Sûr que c'est étrange... cette impression désagréable d'être épié, suivi par les yeux de ces personnages morts depuis longtemps. Oh... j'ai dû avoir un étourdissement. Après tout, ce ne sont que des tableaux. »

Il respira profondément. Se retourna. Tout paraissait tranquille. Le silence régnait dans la Grande Galerie. Un peu rasséréné, il frôla le socle de la statue de Diane chasseresse et entra dans la salle des États. Quel soulagement, tout était en ordre ! Ses chers tableaux — cinquante-six — sur lesquels il veillait tous les jours étaient là, bien accrochés dans leurs cadres dorés.

Avec le temps, ils étaient devenus comme des amis. Une sorte de famille. Il connaissait chaque détail de leurs vêtements, chacun des traits de leurs visages. La douce Jeanne d'Aragon toute de pourpre vêtue. Balthazar Castiglione avec sa toque et son pourpoint noir. La Belle Jardinière dans son cadre champêtre en compagnie de son fils et du petit saint Jean-Baptiste. L'immense toile des *Noces de Cana*.

Il jeta un regard autour de la salle avant de s'approcher de sa préférée bien protégée de ses admirateurs par un cadre spécial : Mona Lisa, la plus énigmatique image de femme de l'histoire de la peinture au centre de son paysage bleuté, attendait les visiteurs.

Jamais Louis Duchamp n'avait confié qu'il passait une grande partie de ses dimanches à copier le célèbre visage. Ses collègues se seraient moqué de lui. À passer ses journées en sa compagnie, il était tombé amoureux d'une femme au sourire troublant et au regard serein disparue depuis des siècles mais toujours présente grâce à Léonard de Vinci.

De temps en temps, il se laissait aller à lui faire des confidences. Il lui faisait partager ses impressions sur les visiteurs qui venaient s'agglutiner devant elle.

Et la belle muette avait alors l'air de sourire avec un peu plus d'ironie.

Comme maintenant, au moment de l'arrivée de touristes japonais qui avaient tous un appareil photo en bandoulière et une chemise blanche.

— Courage ! L'invasion commence ! dit-il en lui faisant un clin d'œil.

Très vite, la salle des États fut remplie du brouhaha des visiteurs venus du monde entier. Les voix étrangères s'entremêlaient. Une classe d'adolescents encadrés par leur professeur fit irruption.

Louis Duchamp fronça les sourcils. Ceux-là, il faudrait les surveiller avec attention.

Tiens, justement, le grand brun avec son tee-shirt bleu qui s'approchait de trop près du tableau de Raphaël. Louis Duchamp toussota.

— Jeune homme... reculez-vous, s'il vous plaît. Il est interdit de s'approcher autant des tableaux. Vous pourriez déclencher à votre insu le signal d'alarme.

Une petite brune toute frisée vêtue d'une jupe de gitane et d'un cache-cœur rose pâle éclata de rire.

— Ne te mets pas à glousser, fit son camarade.

Vexée, elle répliqua :

— Il faut toujours que tu te fasses remarquer, Frédéric !

— Ô Marie-Ange qui n'est pas un ange... lâche-moi un peu, tu veux !

— Tu te crois drôle, peut-être ?

— Oui.

— Moi, je ne trouve pas.

— Ah, si on ne peut plus plaisanter... Tiens, prends plutôt modèle sur elle là-bas... Au moins, elle se tait. Pas comme toi qui n'arrête pas !

— Misogyne, en plus ! À ton âge...

— Mais non, puisque la Joconde me plaît !

— Heureuse de l'apprendre !

Les deux amis passaient leur temps à se taquiner. C'était devenu un jeu entre eux. Comme un rapide échange de ping-pong. Un tendre affrontement.

— Laissons-les. Viens la voir de plus près.

Frédéric prit son amie par la main et ils s'éloignèrent du groupe qui continuait à écouter le professeur commen-

ter la toile de Véronèse : *Les Noces de Cana.*

« ... commandée en 1562 par les Bénédictins de Venise... dans ce fastueux repas de mariage, on peut reconnaître parmi les convives le roi François Ier et...

— Allez, viens... on s'en fiche de François Ier !

— Oh ! elle a l'air d'un poisson derrière la vitre de son aquarium, fit une petite fille en montrant du doigt la Joconde.

Sa mère la fit taire.

Les touristes japonais assis en rang d'oignons sur les banquettes de velours rouge occupaient le centre de la salle.

— Enfin ! À nous maintenant... on va pouvoir s'approcher. Ils l'ont libérée, dit Frédéric.

— À quoi crois-tu qu'elle pense en voyant défiler tous ces visiteurs ?

— Ah, Marie-Ange, tu as de drôles d'idées... elle ne pense pas car elle n'existe pas.

— En es-tu sûr ?

— Arrête de faire l'idiote.

— Merci !

Frédéric observa attentivement le célèbre tableau.

— Elle n'a ni cils ni sourcils... Ses yeux sont comme de l'eau pure... et, tu as vu, en bas... une rivière. Un pont. Un chemin. Le paysage semble pris dans une brume légère.

— Elle a les mains plutôt épaisses et une bouche un peu petite. Dans le fond, elle est décevante.

Ce dernier mot fit sursauter Frédéric.

— Décevante ? Moi, je ne trouve pas. Admire son regard...

— Eh bien, justement...

Marie-Ange devint très pâle. Tout à coup troublée.

Le visage de la Joconde était devenu en une fraction de seconde terriblement sévère.

— Frédéric... mais regarde ses yeux.

— Quoi, ses yeux ?

— Je suis sûre qu'elle n'a pas apprécié ce que je viens de dire sur ses mains et sa bouche. Elle... elle me fixe.

Frédéric haussa les épaules.

— Ma pauvre Marie-Ange, c'est juste une impression.

— Un instant, ses traits ont bougé. Son sourire a disparu.

— Impossible. Son visage a été fixé pour toujours depuis la fin du XVe siècle. Ah ! Mme Hermine nous fait signe. La visite continue.

— Son sourire a disparu, répéta Marie-Ange d'une voix presque inaudible.

La classe de Mme Hermine quitta la salle des États. Louis Duchamp respira. Un peu de tranquillité après ces adolescents si bruyants. Enfin.

Les touristes japonais, à leur tour, allèrent admirer *Les Noces de Cana.*

— Pas de flash ! C'est interdit.

Louis Duchamp répétait cette phrase plus de quarante fois par jour.

La salle se vidait.

Il fit quelques pas. Retira sa casquette. Consulta sa montre. Il était exactement 15 heures. Il parcourut les quelques mètres qui séparaient la salle des États des hautes fenêtres donnant sur les berges de la Seine.

Il faisait complètement nuit et la pluie tombait à verse.

« En plein mois de juin... le temps se détraque ! Une saison qui s'annonce mal... cette mauvaise pluie m'assombrit l'humeur », pensa Louis Duchamp. Il contempla les grands marronniers centenaires au bord de l'eau et retourna lentement vers la salle des États en maugréant contre le temps.

Il se dirigea vers une des banquettes et s'assit. Regarda droit devant lui. Et tout à coup... ah ! ! ! Il porta la main à sa gorge. Il suffoquait. Non, une chose pareille n'était pas possible... Du tableau le plus admiré au monde, il ne restait qu'un paysage bleuté : Mona Lisa avait disparu.

La bouche ouverte, incapable de bouger, Louis Duchamp dit d'une voix blanche :

— Je savais depuis ce matin que cette journée ne serait pas comme les autres. Je le sentais.

Tout vacillait devant ses yeux.

Chapitre 2

— Viens, vite, vite ! lança Frédéric à son amie qui arriva tout essoufflée dans la salle des États.

La visite terminée, ils avaient eu envie de revoir une dernière fois la *Joconde* et *Les Noces de Cana*. Ni l'un ni l'autre ne s'attendait à trouver le gardien du musée allongé en plein milieu de la salle.

— Qu'est-ce qui a bien pu lui arriver ? s'inquiéta Marie-Ange.

— Il a sûrement eu un malaise. Pas étonnant, il fait si lourd aujourd'hui malgré la pluie.

Ils s'approchèrent de lui.

— Il faudrait un peu d'eau froide, dit Marie-Ange.

— Eh, on n'en a pas !

Marie-Ange souleva la tête du gardien. Elle lui tapota les tempes, puis les joues. Louis Duchamp remua faiblement.

— Il semble revenir à lui.

En tombant, il avait perdu sa casquette et son trousseau de clés. Frédéric allait les ramasser quand il aperçut un peu plus loin une feuille de papier pliée en deux. Sans réfléchir, il la prit et la glissa dans sa poche.

Louis Duchamp leva une main, écarquilla les yeux et, à la stupeur des deux adolescents, il s'exclama en se redressant d'un coup comme un automate :

— Regardez... mais regardez... Elle n'est plus dans son tableau.

Il pointa le doigt en direction du mur.

— Oh ! Incroyable, mais... c'est pourtant vrai, fit Frédéric en s'avançant vers le tableau.

Il reconnut le chemin, la rivière mais, à la place de Mona Lisa, il ne restait qu'une ombre foncée cernée de trans-

parence bleutée. Bouche ouverte, Marie-Ange était incapable de dire un mot tant sa stupéfaction était grande.

Louis Duchamp retrouva ses esprits pour dire :

— Il faut de toute urgence aller avertir M. le conservateur en chef.

Les bureaux du département des Peintures se trouvaient dans l'aile opposée du musée.

Frédéric et Marie-Ange accompagnèrent Louis Duchamp qui soufflait bruyamment.

— Ne prenez pas cette disparition au tragique, vous vous faites du mal, risqua Frédéric comme ils traversaient la salle où étaient accrochés la suite des grands tableaux de Rubens dédiés à Marie de Médicis.

— Vous en avez de bonnes, vous ! bougonna le gardien, toujours oppressé.

Il désigna l'ascenseur.

Ils le prirent et montèrent jusqu'au troisième étage.

Un long et étroit couloir aux murs pâles. Plusieurs portes.

— C'est la deuxième.

Louis Duchamp rajusta sa casquette, vérifia les boutons de la veste de son uniforme avant d'ouvrir la porte et de lancer d'un trait :

— La Joconde... La Joconde a disparu.

Le conservateur en chef, un homme vêtu d'un strict costume sombre et d'une cravate rouge vif, laissa tomber sur son bureau le gros livre qu'il tenait.

— Qu'est-ce que vous dites ?

Louis Duchamp avala sa salive.

— La Joconde a disparu. Il y a à peine dix minutes maintenant... Je m'étais éloigné un instant et soudain... d'un seul coup, volatilisée... plus de Mona Lisa.

— Comment, disparu ? On a volé le tableau ?

— Non, il est toujours là.

Le conservateur eut un air soupçonneux. Il fixa Louis Duchamp et les deux adolescents.

— Expliquez-vous. Je ne comprends pas... Vous me dites que le tableau est toujours à sa place.

Louis Duchamp marqua un temps.

— Oui. Mais elle a quitté son tableau.

— Duchamp, soyez sérieux.

— Je dis que la Joconde n'est plus à sa place... il ne reste que le paysage.

Le conservateur ne put se contenir. Il s'approcha du gardien.

— Duchamp, avez-vous abusé du vin à la cantine ce midi ? Ou vous moquez-vous de moi ? Ce n'est vraiment pas le moment ! Alors que je suis en train de préparer la grande rétrospective du printemps prochain... Et vous deux...

Il s'adressait à Frédéric et à Marie-Ange.

— Qui êtes-vous ?

Au lieu de décliner son identité, Frédéric lâcha :

— Nous sommes des admirateurs de la Joconde.

— Ah !

Manifestement, le conservateur ne s'attendait pas à cette étonnante réponse.

— Mais encore ! Avez-vous été témoins de cette soudaine disparition ?

— Pas vraiment. Nous sommes arrivés au moment où le gardien était évanoui. Nous l'avons aidé à se relever.

En terminant sa phrase, Frédéric mit machinalement la main dans sa poche. Il sentit le papier plié en deux qu'il avait ramassé dans la salle des États. Il le tendit au conservateur.

— C'est peut-être utile. Je l'ai trouvé tout à l'heure dans la salle des États.

Le conservateur lut à voix haute :

— « L'été si lourd m'a donné envie de partir retrouver le temps et les amis de ma jeunesse. »

Stupéfait, il s'écria :

— De mieux en mieux. Vous cherchez à me rendre fou, ou quoi ? La Joconde partie Dieu sait où en nous laissant un mystérieux message... Envolée ! et il ne nous reste que ces deux lignes pour seul début de piste...

Les regards de Frédéric et de Louis Duchamp se croisèrent, soudain complices. Eux, qui le matin même ne se connaissaient pas, se sentirent proches.

— Évidemment, vous ne pouvez pas m'en dire plus ?

Louis Duchamp répondit par un geste plein de lassitude. Le conservateur se mit à marcher de long en large pour contenir son irritation. Il alla vers la fenêtre et l'ouvrit.

— Qu'est-ce qu'on fait ? chuchota Frédéric à Louis Duchamp.

— On attend, répondit celui-ci en montrant le conservateur du menton.

Dans le ciel de plus en plus sombre, la pluie avait recommencé à tomber, rapide et nerveuse.

— Même la pluie est chaude !

Le conservateur referma la fenêtre et se dirigea vers une des bibliothèques adossées au mur.

— L... L... Le Brun... Le Lorrain... Lenoir... Lemoyne... Le Nain, murmura-t-il tout en passant l'index sur les dossiers reliés. Savez-vous que, lorsque *La Joconde* a été volée en 1911, il n'y eut jamais autant de monde pour venir voir l'emplacement qu'à ce moment-là ! Vous vous rendez compte ! Ah, voilà celui qu'il me faut : Léonard de Vinci.

Il brandit un volumineux dossier.

Il ajusta ses lunettes. Commença à feuilleter le dossier avant de dire en hochant la tête :

— Les œuvres de Léonard sont rares et dispersées dans de nombreux musées... *Ses amis*... Hum ! à qui peut-elle bien faire allusion ? Voyons : *Ginevra de Benci* est à la National Gallery à Washington. La *Madone à l'œillet* est à Munich, l'*Annonciation* est à Florence. À Florence aussi, l'*Adoration des mages*.

— Florence, releva Frédéric, comme saisi d'une inspiration subite. À quelle époque *La Joconde* a-t-elle été peinte ?

— Entre 1503 et 1505. Léonard était en Toscane à ce moment-là. C'est probablement à cette époque qu'il a fait le portrait de la femme de Francesco del Giocondo.

Tout à coup, Frédéric se sentit plein d'autorité et demanda :

— Quand part le prochain train pour l'Italie ?

— Je l'ignore, fit le conservateur, étonné. Pourquoi ?

— Le Galilée quitte la gare de Lyon tous les soirs vers 20 heures, je crois, dit Louis Duchamp.

— Parce que nous allons partir, reprit Frédéric.

— Où donc ?

— Mais à Florence. Si Mona Lisa a disparu... c'est là qu'elle est allée, sur les lieux de sa jeunesse.

Le visage du conservateur s'empourpra. Il prit un dossier et s'en servit comme d'un éventail.

— Mais ils sont complètement fous ! Duchamp, je vous prends à témoin.

Le gardien eut un sourire rêveur.

— Duchamp, voyons... vous devenez aussi fou qu'eux... un homme de votre âge !

— Mon âge ! si j'étais plus jeune, je les accompagnerai volontiers.

— Cessez vos chimères. Nous allons commencer une enquête sérieuse, ici même et tout de suite.

Frédéric prit le bras de Marie-Ange.

— Nous, nous filons. Nous avons juste le temps. Tu passes chez toi chercher quelques affaires et prévenir tes parents. Et on se retrouve dans deux heures à la gare de Lyon sur le quai du Galilée. Moi, je vais chercher mon blouson et un peu de fric.

— Attendez... prenez ça pour payer le train, fit Louis Duchamp en sortant plusieurs billets de son portefeuille.

Le conservateur n'en revenait pas.

— Duchamp, retenez-les au lieu de...

Mais déjà, après un signe amical au gardien, Marie-Ange et Frédéric étaient dans le couloir.

Chapitre 3

Le matin suivant, le temps maussade de Paris était loin. À travers la vitre de leur compartiment, Frédéric et Marie-Ange avaient vu défiler les paysages de Toscane : les grands pins et les cyprès, les villas aux murs ocre avec leurs terrasses et leurs toits aux tuiles rondes.

Le ciel était bleu pastel, traversé de fins nuages qui s'en allaient doucement vers le sud.

— Un vrai ciel italien ! s'exclama Frédéric en descendant du train.

Marie-Ange se mit à rire sans fin.

— Qu'est-ce qui te fait rire ?

— Oh, peu importe... Ton insouciance peut-être, ou l'excitation de ce voyage inattendu.

— Apprécie plutôt ce ciel, cette lumière qui nous sourient.

— Je disais ça pour te taquiner.

— Ne te justifie pas. Au fait, je te félicite pour ta coiffure spéciale tourisme : un vrai artichaut !

Il passa le bras autour des épaules de son amie avant d'ajouter :

— Mais, j'adore les artichauts !

— C'est vrai ? fit Marie-Ange, toujours pleine de doutes sur son charme.

— Bien sûr, mademoiselle. Ah, première chose indispensable : il nous faut un guide et un plan de Florence.

Ils en achetèrent au kiosque à journaux dans la gare. Une file de taxis jaunes rayés de bleu attendaient à la sortie. Ils s'engouffrèrent dans le premier et montrèrent le palais Pitti sur le plan.

— *Palazzo Pitti. D'accordo.*

Le chauffeur démarra. Les vitres étaient baissées. En conduisant à vive allure et en accélérant au moment où les feux allaient passer au rouge, il

chantait à tue-tête d'une voix de bary-
ton :

> Oh, dio del cielo
> se fossi una rondinella
> vorrei volare.

Il cessa de fredonner, émit un mot
bref qui ressemblait à un juron en dou-
blant une camionnette mal garée, et
reprit de plus belle :

> Prendi quel secchio
> a vattene alla fontana
> là, c'e il tuo amore
> che alla fontana aspetta.

Marie-Ange, la tête appuyée contre le
dossier, se laissait bercer par les
accents mélodieux.

— On a envie que tout s'arrête, en
l'écoutant, dit-elle, les yeux mi-clos.

— C'est le pays de la dolce vita qui te
fait cet effet ? N'oublie pas que nous ne
sommes pas venus ici pour rêver...

— Je sais !

Le taxi filait à travers les rues silen-
cieuses. À cette heure matinale, la ville
commençait seulement à s'éveiller. La

lumière éclaboussait de teintes dorées les façades des palais et des églises.

— Oh, regarde, fit Marie-Ange en montrant une coupole majestueuse à l'angle d'une ruelle.

— Nous reviendrons plus tard, si nous avons le temps.

Le taxi traversa un pont sur l'Arno.

Ils admirèrent de loin le Ponte Vecchio. Le plus ancien pont de Florence, couvert et bordé de boutiques de bijoutiers et d'orfèvres.

Le taxi remonta la via Guicciardini et s'arrêta sur la grande place vide devant le palais Pitti.

— *Il museo*, dit le chauffeur.

Frédéric paya le taxi. Frappés par l'imposante façade à pierres en bossage, ils se dirigèrent vers l'entrée.

— Ne perdons pas de temps. Visite des salles de la Renaissance uniquement... Ouvre bien les yeux.

— Message reçu. Cinq sur cinq.

Ils prirent leur billet et entrèrent dans la première salle. Ils la traversèrent au pas de charge ainsi que les deux suivantes avant d'arriver à la salle IV, dite salle de Jupiter.

— Quelle chance, il n'y a encore personne ! chuchota Frédéric, impressionné par le plafond magnifiquement décoré de fresques qui donnaient l'illusion de voir Jupiter et Hercule se pencher vers eux.

— Tu peux parler tout haut. On n'est pas dans une église, ironisa Marie-Ange.

Elle s'approcha des tableaux disposés sur le mur. Entre un portrait de saint Jérôme et un prince florentin, une très belle jeune femme portant un voile jaune les fixait.

— C'est la Fornarina de Raphaël. Rien à voir avec Mona Lisa. Passons dans la salle suivante.

À l'entrée de la salle de Saturne, Marie-Ange ne put retenir une exclamation d'étonnement devant un portrait de femme disposée comme La Joconde dans un paysage aux teintes bleutées.

— Oh, elle ne lui ressemble pas... Tu as vu ses yeux mornes... sa bouche dédaigneuse...

— C'est curieux que le peintre des madones ait fait le portrait d'un laideron pareil ! Même toi, à côté, tu parais superbe...

— Merci, merci. C'est trop.

— Ne prends pas cette voix pincée. On est relax un max.

Ils se regardèrent et éclatèrent de rire.

Frédéric entraîna son amie vers une autre salle. En un peu plus d'une heure, ils firent le tour des richesses du musée. Dehors, devant le palais, les cars de touristes affluaient.

La place était remplie de bruits. Le soleil au centre du ciel l'inondait d'une lumière presque blanche.

— J'ai un creux. Je mangerais bien quelque chose... Une pizza, par exemple, avec des tomates, des anchois, des champignons et beaucoup de jambon, fit Marie-Ange, les yeux pétillants.

Frédéric haussa les épaules.

— C'est pas le moment, allons tout droit au musée des Offices. Les œuvres de Léonard sont là-bas.

— O.K.

Marie-Ange prit la main de Frédéric et ils dévalèrent la via Guicciardini qui descendait vers le fleuve. L'un et l'autre habités d'un étrange bonheur. Peut-être à cause de cette promenade dans la douceur d'une ville inconnue, peut-être aussi parce qu'ils la découvraient ensemble.

Ils traversèrent le Ponte Vecchio, puis longèrent la rive de l'Arno avant d'apercevoir les nombreuses statues de la piazza della Signoria.

— Tu as vu ce monde ! s'étonna Frédéric. On se croirait dans le métro le soir.

Il déplia son plan.

— Ah, le musée doit être sur la droite.

Ils suivirent la foule et prirent un ticket à l'entrée sous les grandes arcades. Ils montèrent les escaliers aux marches de marbre. Dans le vestibule du troisième couloir, ils admirèrent l'énorme statue d'un sanglier en bronze avant de pénétrer dans la première salle.

— Décidément, quelle cohue ! Tout le monde s'est donné rendez-vous ici, aujourd'hui !

Entre les groupes agglutinés devant les tableaux, des enfants, qui s'ennuyaient, se poursuivaient. Leurs parents essayaient en vain de les en empêcher.

— Tu as vu tous ces tableaux dédiés à la Vierge !

Des madones aux visages tendres et d'autres aux traits presque sévères.

— Admire cette Annonciation. De la bouche de l'ange, il sort une phrase comme dans une bulle de bande dessinée.

— Déjà des bulles...

— Tu te rends compte, en 1333 !

— Attention, ne souffle pas dessus... elles risquent de s'envoler !

— Tu ne dis que des bêtises.

Gavée d'anges aux ailes déployés, Marie-Ange avait laissé Frédéric dans une des salles du Moyen Âge et s'était frayé un chemin parmi les touristes jusqu'aux salles de la Renaissance. Son attention fut immédiatement attirée par une jeune femme brune aux manières étranges, qui avait franchi le cordon protégeant les œuvres de la fougue des visiteurs.

Elle parlait. Oui. Elle s'adressait d'une voix douce aux accents chantants aux personnages d'un tableau. Marie-Ange s'approcha de la toile et lut : *Annonciation* de Léonard de Vinci.

Stupéfaite, elle se retourna.

Son cœur battait la chamade.

Un bref instant, la jeune femme brune posa son regard limpide sur Marie-Ange comme si elle la reconnaissait. Un instant, le temps sembla suspendu.

Puis la jeune femme brune s'enfuit en courant vers une autre salle.

« Mon Dieu ! C'est elle ! » se dit Marie-Ange en bousculant tout le monde pour retrouver Frédéric.

— Tu es vraiment sûre de l'avoir reconnue ? demanda Frédéric à Marie-Ange tout en descendant quatre à quatre les escaliers du musée des Offices.

— Oh, oui... fais-moi confiance pour une fois. Quand cette femme m'a fixée, c'est comme si son regard m'avait transpercée. Elle m'a semblé à la fois étonnée et mécontente.

— Mécontente de quoi ?

— Je l'ignore. Peut-être de se savoir suivie et reconnue. Frédéric... ne descends pas si vite ! On va se ramasser dans cet escalier. Je n'ai pas les bonnes chaussures.

Frédéric s'arrêta.

— Elle ne nous connaît pas.

— Qui sait ? Au Louvre, pendant notre visite, elle...

— Qu'est-ce que tu vas chercher ! N'imagine rien.

Ils franchirent la porte du musée.

À leur droite s'ouvrait l'impressionnante place de la Seigneurie, dominée par la haute tour crénelée du vieux palais. Les maisons, aux façades dorées comme des pains frais par la lumière du soleil, encerclaient la place.

Au passage, ils admirèrent les nombreuses sculptures rassemblées près du char de la fontaine de Neptune. Frédéric prit le bras de Marie-Ange.

— Tiens, regarde.

— Où ?

— Près de la gigantesque, de l'énorme sculpture du gaillard à la fronde.

— C'est le *David* de Michel-Ange, ignorant... Ce gaillard à la fronde ! Un peu de respect pour l'art du passé.

Frédéric esquissa un profond salut.

— Regarde là-bas... cette femme dans sa robe brune... Tu la vois... tout au fond de la place ? C'est elle, j'en suis sûre.

Parmi la foule des touristes en tenues d'été, vives et légères, Frédéric aperçut une mince silhouette qui filait vers les ruelles avoisinantes.

— Tu as de bons yeux, dis donc !

Frédéric sourit.

— Dépêche-toi. Nous allons la perdre de vue si tu traînes.

— Cette place est si belle. J'y resterais des heures rien que pour voir la lumière du soleil monter et décliner au long de la journée.

— L'Italie te rend lyrique !

— Eh, oui, Marie-Ange, comme tout le monde.

Ils se faufilèrent en courant entre les groupes de badauds et de musiciens qui parcouraient la place de la Seigneurie et empruntèrent une rue bordée de maisons aux volets verts.

— À mon avis, l'Arno ne doit pas être bien loin, dit Frédéric.

Toutes les boutiques étaient fermées. La rue était vide. Seul un gros chat noir se prélassait sur le rebord d'une fenêtre.

— Par ici !

— Mais non, Marie-Ange. Cette femme est pire qu'une anguille. Zut, alors... nous l'avons perdue encore une fois.

Une fenêtre s'ouvrit et le chat miaula.

— Quelle galère ! Elle a dû prendre à gauche et traverser le pont, suggéra Marie-Ange.

Ils s'engagèrent dans une ruelle qui menait droit au fleuve. À cette heure, le soleil incendiait le ciel. De rares nuages passaient nonchalamment en se reflétant dans les eaux tranquilles.

Ils marchèrent un long moment en silence, un peu las et énervés. Marie-Ange traînait les pieds quand soudain, venant du bord de l'Arno, montèrent les paroles d'une chanson :

> *Oh, dio del cielo*
> *se fossi una rondinella*
> *vorrei volare...*

— Écoute, on dirait la mélodie que fredonnait le chauffeur de taxi ce matin.

— Tu crois ? fit machinalement Marie-Ange.

Frédéric se pencha au-dessus du parapet.

— Chut ! dit-il.

La voix douce et légère s'éleva à nouveau dans le silence du bord de l'eau.

Prendi quel secchio
e vattene alla fontana
là, c'è il tuo amore
che alla fontana aspetta.

Chaque parole semblait s'envoler vers le lointain. Sans un mot, guidée par la voix, Marie-Ange entraîna son ami dans l'étroit escalier de fer qui descendait vers la berge de l'Arno. En bas, elle eut un sourire de triomphe.

— Ce n'était qu'une intuition, murmura-t-elle.

Elle venait de reconnaître la robe couleur de temps de la Joconde. À dix mètres d'eux, Mona Lisa était assise au bord du fleuve. Une de ses mains jouait avec l'eau.

Les deux amis s'approchèrent. Aussitôt, elle se retourna et... ô, surprise... des lunettes de soleil à la dernière mode dissimulaient son célèbre regard.

— Elles vous vont à ravir, dit Marie-Ange. N'est-ce pas, Frédéric ?

— À ravir. On dirait une star.

— Une star ? demanda tranquillement Mona Lisa en retirant ses lunettes.

— Vous ne savez pas ce que c'est ? De

votre temps... Eh bien, c'est une vedette, une célébrité.

— Mais pourquoi m'avoir poursuivie jusqu'ici ?

Spontanément, Marie-Ange répondit :
— Pour faire plaisir à Louis Duchamp, le gardien du Louvre, madame.

En entendant ce nom, Mona Lisa sourit et Frédéric fut conquis par ce sourire plein de tendresse et de mystère.

— Nous devons vous ramener à Paris, reprit Marie-Ange.

Avec vivacité, Mona Lisa retira sa main de l'eau.

— Vraiment ? Quelle drôle d'idée ! Regardez ce fleuve si paisible et pourtant si changeant... le dôme des églises... ces jardins, ces palais innombrables... Cette Toscane avec ses collines couvertes de vignobles avec le vert sombre des cyprès et le vert argenté des oliviers... Et vous me demandez de retourner m'enfermer au Louvre. Non merci !

— Il le faut pourtant.

— Et pourquoi donc ? N'ai-je pas le droit comme tout le monde de retrouver mon pays ?

Frédéric sursauta.

— Vous n'êtes pas... n'importe qui ! Pensez à votre place dans l'histoire de la peinture.

Mona Lisa haussa légèrement les épaules puis les dévisagea sans sourire.

— Comment vous appelez-vous ?

— Moi, c'est Marie-Ange.

— Et vous ?

— Frédéric.

— Eh bien, Frédéric, et vous, Marie-Ange, sachez que je compte bien profiter de cet après-midi ensoleillé qui s'offre à nous. J'ai attendu si longtemps. Nous parlerons de retour plus tard. Et tenez... me permettez-vous de vous faire découvrir un endroit cher à mon cœur ? Vous ne le regretterez pas. Je me souviens d'une auberge. Évidemment, c'était il y a quelques siècles... elle a dû être transformée ! Nous y déjeunerons si c'est possible.

Marie-Ange applaudit.

— Alors, allons-y. Je meurs de faim. Nous n'avons même pas pris de petit déjeuner en arrivant ce matin.

— Traversons le pont Alla Carraia, et ensuite, nous emprunterons la via Serragli. Si je me souviens bien, c'est le chemin le plus court.

Fascinés, les deux amis s'abandonnèrent à la douce autorité de Mona Lisa. Elle paraissait connaître la ville par cœur. Ils parvinrent rapidement sur une place ombragée par de grands platanes. Au fond, une petite église romane à la façade sévère. Sur la gauche, un restaurant avec des tables en terrasse.

Frédéric avança galamment une chaise à Mona Lisa et s'assit en face d'elle.

Le serveur apporta le menu et leur conseilla le filet mignon aux figues noires.

Mona Lisa eut envie d'accompagner le plat d'une bouteille de chianti bien frais. Un peu plus tard, elle refusa absolument de répondre aux questions de Frédéric sur ce qui s'était passé au Louvre et depuis son départ de Paris. Elle ne voulut rien révéler.

— Seul le présent m'intéresse... ou le lointain passé... mes souvenirs florentins. Le reste, je l'oublie.

— Vraiment ?

— Oui. Reprenez plutôt du filet mignon. Il est délicieux. Ces figues ont exactement le même goût, la même saveur qu'avant. Vous aimez les figues, Marie-Ange ?

— Oui, surtout préparées de cette façon.

Frédéric se permit d'insister.

— Ne faites pas la mystérieuse... Racontez-nous votre voyage jusqu'ici.

— C'est ma réputation, je crois. Donc, je ne peux y faillir. Pas plus aujourd'hui qu'hier !

Avec ses lèvres fraîches, dans sa robe couleur de temps, Mona Lisa se mit à rire.

Frédéric, les yeux remplis de rêve, ne cessa de l'examiner pendant tout le repas.

Chapitre 4

Le soir était tombé.

La lumière du crépuscule enveloppait la ville des Médicis d'une légère brume dorée. Ils se retrouvèrent tous les trois à la gare. Mona Lisa eut un dernier souhait avant de quitter l'Italie : une grosse glace pleine de crème.

Marie-Ange en eut envie également.

Frédéric s'étonna de l'attitude de leur amie : tout lui paraissait normal. Les taxis, la cohue des voyageurs et des employés dans la gare, les annonces au haut-parleur.

Il lui en fit la remarque.

— La vie moderne vous va comme un gant !

— Vous voulez dire... le bruit et la vitesse... Oui, c'est vrai, ça m'amuse beaucoup.

Marie-Ange, qui marchait en avant, se retourna vers eux.

— Venez, on va monter dans le dernier wagon tout au bout du quai.

Ils hâtèrent le pas.

— Où donc avez-vous appris le français ? Vous parlez presque sans accent. C'est extraordinaire, dit Frédéric.

Mona Lisa répondit avec un sourire :

— J'ai eu le temps, vous savez, depuis le jour de mon arrivée à la cour du roi François Ier dans les bagages de Léonard de Vinci...

Le brouhaha de la gare les sépara un instant.

— Et depuis... reprit Frédéric.

— J'ai beaucoup écouté. C'est tout simple.

Ils choisirent un compartiment vide. Pour eux seuls. Une fois installés, ils tirèrent les rideaux pour être plus tranquilles.

— Ah, j'allais oublier de vous demander quelque chose, fit Marie-Ange.

— Quoi donc ?

— La chanson que vous fredonniez au bord de l'eau, eh bien, ce matin, notre chauffeur de taxi la chantait aussi.

Cette fois encore, la Joconde ne parut pas étonnée.

— C'est une très ancienne chanson paysanne.

— De Toscane ?

— Oui. Elle a dû franchir les siècles. J'en suis ravie.

Et elle se mit à l'apprendre à Marie-Ange, tandis que le Galilée quittait lentement la gare de Florence.

Elle chantait et le temps ne comptait plus. Le passé et le présent se retrouvaient autour de la petite mélodie. Unis et réconciliés. Un peu plus tard, Frédéric se hasarda à interroger leur illustre amie.

— Vous êtes arrivée dans les bagages de Léonard de Vinci aux alentours de 1517 au château d'Amboise, c'est cela ? demanda-t-il, très fier de ses connaissances.

— Exactement. Bravo !

Il rougit.

Pour la première fois, Mona Lisa eut l'air étonné.

— J'ignorais que vous saviez tant de choses sur moi...

— Pas assez, hélas !

— Frédéric, vous êtes trop curieux.

Mais comme son sourire si doux démentait ses paroles et comme il la sentait détendue, bien calée au creux de la banquette, il en profita pour lui faire évoquer les jours heureux de son lointain passé.

Le mouvement régulier du train accompagnait ses paroles tandis qu'elle racontait sa première rencontre avec Léonard de Vinci dans son atelier.

— Oh, je me souviens... comme j'étais intimidée ce matin-là... C'était un beau matin d'avril. L'air embaumait le laurier rose. Nous sommes arrivés tôt, un peu en avance sur l'heure du rendez-vous.

— Nous ? s'étonna Frédéric.

— Mon mari m'escortait. C'est lui qui avait eu l'idée du portrait.

— Quel âge aviez-vous ?

— Là, vous devenez indiscret, Frédéric...

Néanmoins, je vais vous répondre. Je venais juste d'entrer dans ma vingt-quatrième année et j'étais la seconde épouse de Francesco del Giocondo.

— Vous étiez mariée depuis longtemps ?

— Depuis l'été 1495, précisément. Alors, votre curiosité est-elle satisfaite ?

Frédéric se contenta de hocher la tête. Il voulut ramener la conversation sur l'atelier du peintre.

— Que faisait Léonard de Vinci à l'époque ?

— Il travaillait comme il l'a toujours fait à plusieurs choses en même temps : des travaux d'ingénieur militaire et, bien sûr, sa peinture. Il achevait plusieurs tableaux : une « Léda » et « Sainte Anne », je crois.

Elle parlait. Elle parlait. Enjouée, les yeux brillants, et c'était comme si le printemps de sa vie recommençait. Ébloui, heureux de ses confidences, Frédéric buvait ses paroles. Tout aussi curieuse que son ami, Marie-Ange se mêla à leur conversation.

— Comment était-il ? J'aimerais tant le savoir.

Mona Lisa fit un grand geste comme pour faire surgir une vision lointaine.

— Je n'avais jamais rencontré quelqu'un d'aussi extraordinaire. La première fois, il m'a intimidée. Il m'a longtemps dévisagée, puis il a murmuré : « C'est étrange, vous êtes l'image... l'incarnation d'un de mes songes. » Ce jour-là, il était vêtu d'un long manteau gris perle bordé de fourrure. Son visage était serein. Ses yeux rayonnaient. Sa barbe, ses longs cheveux lui donnaient un air majestueux. Inoubliable. Plus tard, j'ai appris à connaître sa générosité et la séduction de ses propos.

— Vous alliez souvent dans son atelier ?

— Presque tous les jours.

À ce moment, le contrôleur ouvrit la porte du compartiment.

— Les billets, s'il vous plaît.

Frédéric et Marie-Ange tendirent leurs billets. Mona Lisa les imita. En prenant son billet, le contrôleur eut l'air troublé. Il se gratta la tête.

— C'est drôle, j'ai l'impression de vous connaître...

— Vous êtes peut-être toscan ? lui demanda Mona Lisa.

— Oui, madame. De Pise.

— Moi, je suis florentine.

— Alors, nous avons dû nous croiser un jour ou l'autre... Vous ressemblez à une cousine de ma femme.

Il ne détachait pas son regard du visage tranquille de Mona Lisa. Cela ne semblait pas la gêner. Au contraire, elle paraissait s'amuser.

Frédéric rompit le charme en s'informant de l'heure d'arrivée à Paris.

— 7 h 45. Vous avez largement le temps de dormir.

Et le contrôleur referma la porte du compartiment après avoir jeté un dernier coup d'œil à la Joconde.

Il faisait chaud. Frédéric baissa la vitre.

— Cela ne vous dérange pas ?

— Pas du tout. Un peu d'air frais nous fera du bien. On étouffe.

Bercée par le train, Mona Lisa se remit à évoquer les séances de pose dans l'atelier du peintre.

— Obéissant à ses désirs – il m'avait fait changer de robe – car il souhaitait un vêtement d'une couleur plus éteinte. Je restais immobile tandis qu'il travaillait pendant de longues heures. Il y avait toujours du monde, dans l'atelier. Pour chasser toute tristesse, il faisait venir de jeunes musiciens qui chantaient et plaisantaient du matin au soir.

— Oh, regardez ! fit Frédéric.

Marie-Ange ne les écoutait plus. Elle s'était assoupie.

— Assez bavardé, dit Mona Lisa, nous allons en faire autant.

Et sur-le-champ, elle appuya la tête contre la banquette et ferma les yeux.

Un moment, songeant à la chance qu'il avait, Frédéric la regarda dormir. Puis comme le train fonçait dans la nuit, lui aussi sombra dans le sommeil.

— Oh non, ce n'est pas possible !

La voix désespérée de Marie-Ange tira Frédéric de sa torpeur.

Il ouvrit les yeux. Le train roulait toujours. Son amie avait l'air éperdu.

— Mais qu'est-ce que tu as ?

Elle se réfugia dans ses bras et balbutia d'une voix hachée :

— Elle a quitté le compartiment pendant que nous dormions.

— Encore disparue... Calme-toi... Elle est peut-être dans le couloir.

— Non, j'y suis allée voir.

Frédéric voulut rester serein.

— C'est drôle, dans un demi-sommeil, j'ai eu l'impression qu'elle s'approchait de moi et qu'elle me frôlait les tempes du bout de ses doigts.

— Toi et tes impressions... tu es vraiment génial ! Tu te rends compte... toute cette expédition pour rien.

Elle se tut.

Une vague de tristesse la submergeait. Ils demeurèrent silencieux jusqu'à la fin du voyage, désemparés devant cette nouvelle disparition de celle qui était devenue leur amie.

À la gare de Lyon, ils prirent le métro jusqu'à la station Louvre-Rivoli.

— Qu'allons-nous dire à Louis Duchamp ? Lui, qui nous faisait confiance.

Fataliste, Frédéric soupira :

— La vérité, Marie-Ange, la vérité.

Dehors, ils retrouvèrent le ciel plombé, la pluie de juin et l'imposant bâtiment du musée du Louvre qui s'apprêtait, comme chaque jour, à recevoir ses visiteurs.

Le grand escalier avec la victoire de Samothrace. La salle des peintres flamands. La Grande Galerie. Au moment de pénétrer dans la salle des États, ils se regardèrent pour se donner du courage. De loin, ils aperçurent Louis Duchamp assis sur sa chaise. Il les reconnut, se leva et alla vers eux. Il avait un demi-sourire aux lèvres.

– C'est inouï, leur dit-il. Ce matin, en arrivant, elle était là comme d'habitude. C'est à n'y rien comprendre.

Soulagé, Frédéric serra très fort la main de Marie-Ange.

– Décidément, cette femme aime rester une énigme !

Le livre du double secret

Chapitre 1

Nelly soupira une fois encore. Elle avait l'impression désagréable que quelque chose d'étrange s'était installé dans la maison, depuis l'été dernier. Sa maison.

Elle chercha à se souvenir. C'était arrivé à peu près au moment où son père avait commencé à écrire les premières pages de son gros ouvrage sur le temps.

L'été dernier, un soir du mois de juillet.

Depuis, une atmosphère pesante, étrange, planait sur toute la famille.

En rentrant de l'école, Nelly posa son

sac sur une chaise dans l'entrée et alla directement dans le salon. Sa mère était en train de découper dans les journaux de la veille des articles destinés à son mari. Toujours pour le fameux livre sur le temps.

— Maman, s'il te plaît, tu peux m'aider à réviser mon histoire ?

Sa mère leva les yeux, la regarda, l'air lointain.

— Combien as-tu de chapitres à réviser ?

Nelly mit la main devant sa bouche, réfléchit et dit :

— Neuf ou dix. Dix, je crois. C'est pour mercredi. La semaine prochaine.

— Tu vois que je suis occupée... Je n'ai pas une minute à te consacrer, ma pauvre chérie !

Nelly prit un des journaux, le déplia puis le reposa aussitôt sur la table.

— Arrête avec tes découpages, maman... Tu me donnes envie de les jeter à la poubelle !

— Plutôt que de raconter des bêtises, passe-moi la paire de grands ciseaux, dit sa mère en voulant ignorer l'énervement de sa fille.

— Maman, tu ne m'écoutes pas !

— Mais si... Mais si...

Son rire monta alors, plein de légèreté et d'ironie.

— Demande à ton père. Il est dans son bureau.

Nelly saisit la paire de grands ciseaux, l'ouvrit, la referma plusieurs fois. Le bruit métallique, agaçant des ciseaux remplit le salon silencieux.

— Papa ! Mais lui, c'est pire... pire que toi. Son livre l'absorbe totalement. C'est terrible, ce livre lui prend tout son temps.

— Va toujours voir !

— Tout de suite ?

— Oui. Avant le dîner.

— Alors, j'y vais.

Nelly alla vers le poste de télévision et l'alluma.

— Oh non, pas la télé maintenant ! supplia sa mère.

Nelly resta silencieuse. À toute vitesse, elle appuya sur une touche, puis sur une autre. Des images apparurent, disparurent. Ne trouvant rien d'intéressant, elle appuya sur la première touche. L'écran redevint noir.

— S'il est dans son bureau, je vais lui demander... On peut toujours espérer !

— Oui, on peut toujours ! fit machinalement sa mère.

Nelly referma la porte du salon, pleine de colère contre ce livre qui les perturbait tous. Il avait changé leurs vies. Elle le rendait responsable de tout.

Ce livre impossible les dévorait peu à peu. Invisible et tout-puissant, il régnait en despote.

Il s'était emparé de l'âme secrète de l'appartement et de ses habitants.

Chapitre 2

Retenant son bouillonnement intérieur, Nelly frappa à la porte du bureau de son père puis passa la tête dans l'embrasure.

— Je peux entrer ?

— Bien sûr.

La pièce était petite. Du sol au plafond, des étagères pleines de livres occupaient les murs. Sur le bureau, une pile de livres. Des feuilles éparpillées. Des revues. Des dictionnaires amoncelés. Une documentation impressionnante.

Un petit carnet avec une couverture

de velours rouge arrêta le regard de Nelly.

Intriguée, elle se dit que ce carnet si joli, si précieux était fait pour renfermer plusieurs secrets.

— Papa, tu as le temps de me faire réviser ?

Son père sursauta.

Tout en feuilletant, un stylo à la main, un grand volume, il se mit à rire.
— Le temps ? Tu me demandes si j'ai le temps... Ma fille, tu es impayable. Le temps, je l'apprivoise... Du moins, j'essaie. Il sera bientôt dans un livre. Enfermé. Prisonnier. Tant de recherches vont enfin aboutir.

Nelly s'approcha de son père, sur la pointe des pieds. Appuyée tout contre son fauteuil, elle lui souffla dans le cou avant de l'embrasser.
— Papa, ne plaisante pas ! Donne-moi un petit quart d'heure de ta vie...
— Sais-tu que nous avons en moyenne sept cent mille heures à vivre ? Non, tu ignores presque tout ! Et j'ai pour l'instant quelque chose d'urgent à terminer.

D'un geste large, il montra le paquet

de feuilles et la pile de livres sur son bureau.

Nelly tenta encore une fois de l'attendrir.

— S'il te plaît, papa, tu sais que c'est très très important pour moi.

— Nelly, n'insiste pas... Plus tard, peut-être, et j'ai bien dit peut-être !

— Bon. Tant pis.

Il passa un bras autour des épaules de Nelly.

— Ne te mets pas à bouder.

— Mais je ne boude pas ! s'exclama-t-elle en échappant au bras de son père.

— Tu ne te vois pas... Ton visage s'est fermé d'un seul coup. Comme une porte qu'on claque. Finis les yeux brillants, finie la bouche en cœur... Dès qu'on te refuse quelque chose, tu te butes...

Il souriait calmement en disant cela.

Sans un mot, Nelly lui tourna le dos.

Le carnet rouge sur la table l'attirait irrésistiblement. Elle avait envie de l'ouvrir. De savoir. Une imprudente envie de savoir. Son père posa solennellement la main sur les ouvrages qui encombraient le bureau.

— Je vais te faire une confidence. Je suis sur le point de trouver le chaînon qui me manque...

— Tu vas donc maîtriser le temps ?

— Peut-être bien...

Elle cacha son angoisse derrière un rire qui se voulait joyeux et insouciant.

Le temps... l'arrêter, l'empêcher de fuir. La course des minutes et des heures. L'alternance des jours. Le retour des saisons. La suite des années. Cette idée l'effrayait.

Et si, brusquement, le passé revenait pour compliquer le présent... Et si l'avenir s'approchait trop vite... Et s'ils se superposaient... Quel risque !

Nelly tourna la tête vers la fenêtre, en gardant ses pensées inquiètes pour elle.

Dehors, la nuit tombait peu à peu. Déjà elle avait enveloppé le haut des immeubles voisins.

Nelly revint vers le bureau. Le carnet rouge était comme une tentation. Lentement, des doigts, elle effleura les feuilles éparpillées.

— Nelly, tu vas mélanger mes notes, prévint son père.

— Mais non, je te promets, je fais attention !

Désappointée, tandis que son père consultait son grand livre, dans son dos, elle en profita pour avancer doucement la main vers le carnet. Elle caressa la couverture de velours rouge. Puis, très vite, sans réfléchir, elle le glissa dans sa poche de sa robe.

— Nelly, sois gentille, reviens plus tard, dit son père sans lever les yeux.

— D'accord, papa.

Elle avait la voix qui tremblait. Elle ferma doucement la porte du bureau derrière elle, avant de filer droit dans sa chambre avec son butin.

Son cœur battait la chamade.

Chapitre 3

La sonnerie du téléphone retentit, stridente, impérative. Elle envahit le silence de l'appartement.

— C'est pour toi, Nelly ! lui cria sa mère.

Nelly accourut aussitôt dans le salon.

— C'est souvent pour toi en ce moment, on dirait ! Tâche d'être brève...

Nelly s'empara du combiné, s'assit en repliant ses jambes sur le canapé bleu.

— Allô ! Nelly ?

Elle reconnut une voix qu'elle aimait entendre par-dessus tout. Celle de Martin.

— Salut, Martin.

— Je t'appelle pour le contrôle d'histoire. Je ne me souviens plus exactement. C'est la vraie confusion. C'est bien pour dans huit jours ?

Nelly sentit que son ami n'était pas seul dans la pièce d'où il téléphonait. Sa voix paraissait un peu gênée. Il hésitait.

— Oui. Pour le 12.

— Tant mieux, tu me soulages. Je paniquais. Cette année, c'est dur. Et l'année prochaine, ce sera pire.

Nelly eut un petit rire narquois.

— Tu n'as qu'à être dans les bons ! Tu croyais vraiment que le contrôle était pour demain ?

— Oui, c'est ça.

— Idiot. Demain, c'est le 5 !

— Tant mieux. Tant mieux. Ta voix douce me ravit. Au téléphone, on ne se voit pas mais je t'imagine...

Nelly s'enfonça davantage dans le canapé avant de dire :

— N'imagine pas, surtout ! Ce soir, je me sens affreuse... toute molle... moche à faire peur.

Martin passa les minutes suivantes à la rassurer. Nelly ne désirait que cela.

Elle souriait encore après avoir raccroché.

Sa mère se moqua d'elle.

— Tu souris aux anges ! C'est Martin qui te met dans cet état ?

— Comment tu sais que c'est lui ? C'était peut-être Iris.

— Oh ! sûrement pas. Rien qu'au son de ta voix...

— Maman, laisse...

Nelly ne permettait à personne d'entrer dans ses secrets. Elle les défendait d'une façon farouche.

— Avant le dîner, cours à la boulangerie acheter une baguette...

— Maintenant ?

— Oui...

— Bon, d'accord.

Nelly attrapa son manteau dans l'entrée. Sa mère lui tendit le porte-monnaie.

— Dépêche-toi. Il est tard. La boulangerie risque de fermer.

Nelly dévala les escaliers.

La saison était déjà fraîche. Surtout le soir. On était en automne. Dans la deuxième semaine d'octobre. Les journées étaient souvent pluvieuses.

Deux rues plus loin, la boulangerie de Mme Nona était encore éclairée. Elle n'avait pas baissé son store à rayures orange et blanches. Un instant, Nelly dévora des yeux les rangées bien alignées de tartes, d'éclairs au chocolat, de grosses meringues, de macarons, de sablés, de figues en pâte d'amande. Tous ces gâteaux lui donnaient faim.

— Tu as de la chance, j'allais fermer... tu seras ma dernière cliente pour aujourd'hui. Qu'est-ce qu'il te faut ? dit Mme Nona.

— Juste une baguette bien cuite.

Nelly remarqua que Mme Nona avait encore changé de couleur de cheveux. Elle en changeait tout le temps. Cette fois, ils étaient d'un splendide blond vénitien.

La boulangère se retourna, prit une baguette.

— Voilà.

En tirant le porte-monnaie de sa poche, Nelly sentit le petit carnet rouge.

Sans s'en rendre compte, elle le sortit et le posa près de la caisse avec l'argent pour le pain. Aussitôt, Mme Nona plongea la main dans plusieurs gros bocaux à gauche de sa caisse et ajouta à la baguette deux réglisses, un carambar et deux fraises au sucre.

Nelly écarquilla les yeux.

Elle n'avait pourtant rien demandé. Elle eut envie de faire une remarque, mais elle se retint. C'était complètement insensé. D'habitude, la boulangère était plutôt râleuse. Et la voilà qui se mettait à jouer la mère Noël en octobre. Avec deux mois d'avance.

— Bonne soirée, Nelly !

— Bonne soirée à vous aussi, madame Nona. Le blond vous va bien, fit Nelly en remettant le carnet dans sa poche.

— Tant mieux ! Tire bien la porte derrière toi. C'est l'heure... Je ferme.

Et elle eut un grand sourire.

Un instant, Nelly observa le zigzag tremblant des gouttes de pluie sur la porte vitrée.

Dehors, elle se dit que quelque chose venait de se passer. Quelque chose qu'elle ne comprenait pas et qui lui avait rapporté deux réglisses, un carambar et des fraises au sucre...

Perplexe, elle haussa les épaules.

La nuit était tout à fait tombée. Il pleuviotait encore.

Chapitre 4

Dans la rue, Nelly goûta d'abord au ruban de réglisse avant de croquer une des fraises en sucre.

À ses yeux, la boulangère était devenue la personne la plus aimable du monde.

Au coin de la rue, le feu venait de passer au vert. Une voiture démarra en trombe suivie d'une moto. Nelly leva les yeux. Au-dessus des toits hérissés d'antennes de télévision, le ciel était mauve avec des traînées roses. Les réverbères aux lumières orangées étaient déjà allumés.

Nelly fit quelques pas. Elle n'avait

pas envie de se presser. Elle décida d'ouvrir le petit carnet rouge.

Une double page était remplie de calculs suivis d'une série de cercles entrelacés. Le dernier cercle était inachevé. Avec étonnement, tout en suçant un morceau de réglisse, elle se mit à lire à voix basse :

— « $100f(n) - 4ac(2aX + h) = 24$ heures. » « Une journée... Une journée faite de joies, de moments de tristesse, de découvertes, c'est donc seulement une formule incompréhensible ? »

Elle relisait la formule en faisant la moue lorsqu'une inconnue chargée de paquets s'approcha d'elle.

— Mademoiselle, suis-je encore loin de la rue du Chemin-Vert ?

— La rue du Chemin-Vert ? C'est tout de suite au bout de la rue, sur votre droite.

— Vous en êtes sûre ? demanda l'inconnue.

Elle était jeune, brune et vêtue d'un ciré noir. Elle souriait. Ses yeux brillaient. Sa voix était chaleureuse.

— Oui. J'habite le quartier depuis des années, répondit Nelly avec assurance.

— Vous en êtes vraiment sûre ? insista l'inconnue.

— Puisque je vous le dis !

Mais, surprise...

L'inconnue se mit alors à rire, à rire et à parler très vite en même temps.

— Merci... Mille fois merci... Aaaaah ! Je m'étais égarée... Aaaaah ! C'est très gentil de votre part... À cette heure-ci... Aaaaaaaah ! il n'y a plus grand monde dans les rues... Aaaaah !

Nelly la regarda sans comprendre cette brusque métamorphose. L'inconnue se mit à chuchoter :

— Vous allez bientôt vivre des événements inattendus...

— Lesquels ? demanda aussitôt Nelly qui ne comprenait pas.

— Vous verrez, mademoiselle. Ce sera toujours assez tôt.

Au-dessus d'elles, deux fenêtres d'un grand immeuble s'éclairèrent en même temps.

L'inconnue observa la rue, rit encore une fois très fort, puis traversa avant de se mettre à courir dans la direction opposée comme si le diable la poursuivait.

— Madame... Madame... Vous vous trompez. C'est à droite, pas à gauche, lui cria Nelly.

Ce fut en vain. Le rire sonore de l'inconnue emplissait le silence de la rue vide. Elle avait disparu avec ses paquets et ses paroles un peu folles.

Nelly mordit dans la baguette de pain. Elle était troublée par cette rencontre. Une petite voix faible mais insistante lui soufflait que c'était peut-être le carnet dérobé qui changeait les gens... qui les rendait bizarres.

Elle le serra très fort dans sa main.

Comment savoir ? Tout depuis une demi-heure — Mme Nona, l'inconnue au ciré noir — était si insolite. Le carnet ? cela paraissait étonnant. Mais...

Chapitre 5

Nelly leva les yeux. Sous le porche de son immeuble, la pendule au-dessus des deux poubelles vertes indiquait huit heures.

Après la rencontre étonnante qu'elle venait de faire, elle avait très envie de jeter un autre coup d'œil dans le précieux petit carnet. Elle le sortit de sa poche et l'ouvrit.

La première page était, elle aussi, couverte de minuscules signes mathématiques à l'encre bleue. C'était comme une suite de hiéroglyphes. *Une partition énigmatique.*

Le poids d'inconnu que recelait le

carnet l'excitait terriblement. Au milieu de la page, écrite en petites lettres bien rondes, il y avait une phrase.

Elle se mit à lire : « L'ordre du temps c'est la force et l'ordre des... » Une voix derrière elle interrompit sa lecture. C'était la concierge, Mme Rodriguez.

— Qu'est-ce que tu fais encore dehors, Nelly ?

Nelly ferma son carnet.

— Je reviens de la boulangerie.

— Remonte vite chez toi. J'ai le courrier à distribuer. Il y a peut-être quelque chose pour toi.

— Le courrier, maintenant ? s'étonna Nelly.

La concierge passa la main dans ses cheveux. Elle aussi semblait surprise.

— Bien sûr. Quelle drôle de question ! C'est l'heure habituelle. Comme tous les jours, dit-elle en montrant la grosse pendule.

Pas de doute, la pendule indiquait bien 4 heures.

— Oooooh ! laissa échapper Nelly.

Il se passait quelque chose. Elle se sentit un peu perdue.

La concierge la considéra d'un air inquiet.

— Qu'est-ce qu'il y a ? Tu as l'air bouleversé.

Nelly avait du mal à respirer. Elle dut faire un effort pour dire le plus naturellement possible :

— Rien. Rien. Je vais bien.

— Tant mieux. Tu m'inquiétais...

Et la concierge s'en alla avec sa pile de courrier.

Une fois seule, très troublée, Nelly ouvrit puis referma le carnet rouge. Elle leva les yeux vers la pendule. De nouveau, elle indiquait 8 heures.

« Pourtant tout à l'heure, elle indiquait 4 heures, j'en suis sûre... L'espace d'un instant, le temps s'est arrêté pendant que je parlais à Mme Rodriguez. Ce n'est pas un hasard. Il m'a joué un tour. »

Le temps qui absorbait la vie avait joué avec les aiguilles de l'horloge. Il s'était déréglé d'un coup, obéissant à un ordre inconnu. Comme une mémoire qui se met à tout confondre. Comme un mécanisme qui se casse.

Nelly traversa pensivement la cour

en évitant les flaques d'eau et les pavés disjoints.

Tenant d'une main la baguette et de l'autre le carnet, elle se répétait : « L'ordre du temps c'est l'ordre des forces cachées et souterraines du monde. »

Elle monta lentement l'escalier.

Arrivée au troisième étage, devant chez elle, elle reconnut un des locataires de l'immeuble qui essayait avec sa clé d'ouvrir la porte. C'était celui qui se plaignait quand elle mettait la sono un peu trop fort.

Nelly n'en revenait pas. Décontenancée, elle hésita un instant avant de dire :
— Monsieur Modri... Je crois que vous vous trompez. Vous habitez à l'étage au-dessus. Ici... c'est le second. Cette porte-là, c'est la nôtre.

Le locataire se retourna, agacé. Il toisa Nelly avec condescendance. Il ne semblait pas la reconnaître.

Puis, sans prononcer un mot, il recommença à s'acharner sur la serrure.
— Mais, monsieur Modri... puisque je vous répète que ce n'est pas chez vous, ici !

— Si, je vous assure que si, répondit-il en secouant énergiquement la tête. Je sais quand même où j'habite depuis des années...

— Mais non... tenta de dire Nelly.

Le locataire se retourna. Son expression était menaçante. Il fixait le mur en face de lui et n'écoutait plus.

— Vous allez me laisser rentrer chez moi, petite demoiselle, oui ou non ? C'est un peu fort ! De mon temps, les jeunes n'étaient pas aussi insolents...

D'habitude calme, il avait à ce moment-là un ton de voix exécrable.

— Mais laissez-moi... Vous allez me laisser à la fin... C'est inadmissible.

Il retira la clé de la serrure, l'agita violemment comme un moulinet. Nelly recula vite vers la fenêtre. Elle crut qu'il allait la frapper. Machinalement, elle agita le petit carnet. Tout en se grattant la joue, le locataire regardait tantôt Nelly et tantôt la porte. Dès qu'elle eut agité le carnet, il se tapa le front du plat de la main.

— Mais... vous avez raison. Ma porte à moi est bleue. Où avais-je donc la tête, dit-il avec un clin d'œil de connivence.

— Vous ne vouliez pas m'écouter. Vous étiez hors de vous, fit Nelly, gênée par les yeux du locataire qui semblaient la sonder.

Il recula de deux pas et s'inclina.

— Je vous prie d'accepter mes excuses.

— Ce n'est pas grave, ça peut arriver à tout le monde de se tromper.

— En effet, mademoiselle. En effet.

Avec un sourire un peu crispé, il remonta chez lui. Nelly mit le carnet rouge dans sa poche. Elle attendit un instant. Le locataire faillit rater une marche et tomber dans l'escalier. Elle eut envie de rire.

Elle comprenait que le contenu du carnet pouvait bousculer et changer la vie de n'importe qui.

Elle entendit son voisin entrer enfin dans son appartement. La porte claqua violemment.

À partir de maintenant, puisqu'elle le savait, elle allait s'efforcer de faire attention à ces étranges pouvoirs.

Tout en se disant cela, elle enfonça la clé dans la serrure.

Chapitre 6

– Qu'est-ce qui se passait dans le couloir ?

Sortant de la cuisine, la mère de Nelly s'essuyait les mains à un torchon.
– C'était M. Modri. Il se trompait de porte, répondit Nelly en haussant les épaules.
– De porte ?
– Oui, oui. De porte et d'appartement. Il était persuadé qu'il habitait ici... Je ne l'ai jamais vu aussi désagréable.
– Quand je le rencontre, il est à peine aimable. Mais oui !
– Ah ! avec toi aussi... dit seulement Nelly.

Elle alla dans la cuisine, fit couler l'eau du robinet pour se rafraîchir les mains et le visage. Sa mère, tout en badigeonnant de moutarde un râble de lapin, continua de s'étonner de l'étrange comportement de M. Modri.

Nelly n'y tenait pas trop. Pour échapper aux questions, elle proposa avec zèle de mettre le couvert. Elle sortit d'un des placards les assiettes du service à fleurs vertes.

Le père de Nelly les rejoignit au moment du dîner. Il alluma la télévision. C'était le début des nouvelles de 20 heures. Décoiffé, le col de sa chemise ouvert, il semblait harassé. Il complimenta sa femme quand elle apporta le lapin à la moutarde entouré de petites pommes de terre. Nelly se taisait. La conversation houleuse avec le voisin du troisième continuait de la poursuivre. Elle l'ennuyait. Tout cela lui paraissait saugrenu. À son insu, elle était entrée dans quelque chose d'inconnu qui la dépassait.

En débouchant la bouteille de vin, son père parla de la durée, de la succession des heures dont la mémoire ne retenait que quelques fragments.

— La vie court trop vite ! dit-il d'un air abattu.

Nelly bâilla.

En regardant son père, elle songea au petit carnet. Devait-elle le remettre dans son bureau ? Le front barré d'une ride, il continuait de parler. Il ne se doutait de rien.

Nelly reprit un morceau de lapin.

À la télévision, un ministre qu'un journaliste interviewait disait qu'il fallait protéger les emplois et l'avenir.

Nelly se mit à rire nerveusement. Elle revoyait la tête de son voisin.

Son père n'apprécia pas.

— Pourquoi ris-tu ? Tu trouves peut-être que ce que dit ce ministre est drôle ? lui lança-t-il, mécontent.

Elle se reprit aussitôt.

— Oui... enfin... non ! Je songeais à tout autre chose, papa.

— À quoi donc ? demanda sa mère. Tu fais de plus en plus de cachotteries.

Nelly décida en les entendant la questionner qu'elle ne rendrait pas le petit carnet. Et, avant qu'une dispute n'éclate, elle se leva et quitta la table.

Ses parents se regardèrent, étonnés.

— C'est sûrement Martin la cause de tout ! déclara sa mère.

— Quel Martin ?

— Son copain. Depuis le début de l'année, ils ne se quittent plus.

Elle alla aussitôt baisser le son de la télévision.

Chapitre 7

Elle en faisait un peu trop
La fille aux yeux menthe à l'eau
Hollywood dans sa tête...

Nelly chantonnait malgré le temps maussade, malgré les heures d'école qui se succéderaient dans la journée.

La nuit avait passé mais n'avait pas effacé les événements de la soirée.

Hollywood dans sa tête
Toute seule elle répète
Perdue dans sa mégalo...

— Vous chantez très juste ! Mieux qu'un vrai rossignol dès le matin !

Nelly entendit la remarque de M. Modri qui lui aussi sortait de son appartement.

Elle ne put l'éviter.

— J'espère que vous avez oublié notre rencontre d'hier, dit-il comme il arrivait au deuxième étage.

Il renouvela ses excuses avec un sourire gêné en se balançant d'un pied sur l'autre.

— J'oublie vite ! Vous savez... moi, j'oublie tout ! dit Nelly d'une voix narquoise pour mieux faire croire à son mensonge.

Elle rajusta son petit sac à dos rose fluorescent. Son voisin la laissa passer dans l'escalier.

Mme Rodriguez balayait les feuilles mortes de l'unique marronnier de la cour...

— Tu es bien joyeuse, ce matin, Nelly !

— Oui. C'est différent d'hier...

— Tu as de la chance... Je rentre de vacances et j'en ai déjà marre !

Nelly ne sut que dire.

Elle s'arrêta. La concierge l'attrapa par le bras, et murmura :

— Ne te perds pas. Ne t'égare pas... Il existe des labyrinthes dangereux.

— Je ne vois pas le rapport, madame Rodriguez. Je ne suis pas perdue !

— Cherche. Je ne peux pas le faire à ta place.

Elle lui tourna le dos et se remit à balayer la cour.

Nelly rit sans en avoir envie. Elle se demandait ce qui arrivait à sa concierge qui, d'habitude, ne lui tenait que des propos banals. En passant sous le porche, elle se dit qu'elle ne connaissait pas la vie : c'était sûrement plus mystérieux et plus compliqué qu'elle ne se l'imaginait.

Dans la rue, face au ciel gris, des images défilèrent à nouveau dans sa tête : le regard gêné de M. Modri, la remarque de Mme Rodriguez — voulait-elle lui faire peur ? L'avertir ? —, la générosité de la boulangère. Elle sourit.

Elle croisait des gens, tous pressés. Autour d'elle, les boutiques étaient ouvertes, les voitures roulaient en un flot ininterrompu. Elles s'immobilisèrent. Une ambulance à la sirène hurlante arrivait.

Nelly s'arrêta elle aussi. Elle sortit le carnet rouge. Elle l'ouvrit à une page pleine de formules dont plusieurs étaient raturées.

« M $1/2 = 1,672$ Zev $+ 10/C2 = 1\ 622$ ans »

Un taxi passa près d'elle.

Elle relut la formule pour l'apprendre par cœur.

À trente mètres, elle vit l'autobus qui allait repartir. Elle courut pour l'attraper. Trop tard. Il démarrait. Elle regarda sa montre. Neuf heures déjà.

Elle avait mal à la tête. La vie, décidément, allait trop vite.

Chapitre 8

Un quart d'heure de retard...

À tant se répéter l'étrange formule sur le temps, Nelly arriva dans la cour de l'école avec un quart d'heure de retard. Quand elle ouvrit la porte de la classe, toutes les têtes se tournèrent en même temps vers elle.

Le professeur de français, Mlle Lamrot, lui jeta un regard noir. Elle portait son éternel chemisier blanc, son collier de perles et sa jupe écossaise.

Nelly, à ce moment-là, aurait voulu se faire le plus petite possible.

— Allez à votre place, Nelly, nous parlerons de ce retard plus tard.

— Oui, mademoiselle.

Heureusement, au deuxième rang, près de la fenêtre, il y avait le sourire de Martin. Les yeux bleus de Martin assortis à sa chemise.

Il lui fit un petit geste. Sa main s'ouvrit, se referma en signe de bienvenue.

Nelly lui sourit.

Le cours se déroula normalement. C'est-à-dire que Mlle Lamrot arpentait à grands pas l'espace libre entre les tables, l'index pointé, en posant une pluie de questions. Les élèves appréhendaient ces interrogations. Certains connaissaient les réponses, d'autres bafouillaient et d'autres encore restaient muets.

Elle les regarda tous avant de demander :

— Qui était Jean-Baptiste Poquelin ? À quelle époque vivait-il ? Où vivait-il ? Et que faisait-il ?

Les questions avaient éclaté dans le silence total.

— Attention, c'est bientôt ton tour ! prévint Iris, la voisine de Nelly.

— Jean-Baptiste qui ? Souffle-moi...

— Jean-Baptiste Poquelin, fit Iris en mettant sa main devant sa bouche.

Mlle Lamrot s'approcha de leurs tables.

— Iris, on ne chuchote pas. Faites-nous plutôt profiter de votre science...

Iris eut une petite grimace qui lui tordit les lèvres.

Nelly avait placé ses cahiers sur le bord de la table. En déséquilibre. Sous le dernier cahier, elle avait glissé son précieux petit carnet rouge.

Mlle Lamrot posa la main à plat sur la pile et dit :

— Quel désordre ! Rangez un peu avant que tout ça ne s'écroule.

— Oui, mademoiselle, voilà... se contenta de répondre Nelly en remettant ses cahiers droits.

— Cessez de dire « voilà » à la fin de vos phrases... C'est stupide.

— Bien sûr, mademoiselle.

Comme Nelly n'obéissait pas assez vite à son gré, Mlle Lamrot s'empara d'un geste brusque des cahiers et du carnet rouge.

— Qu'est-ce que c'est que ce joli carnet ? demanda-t-elle en le brandissant comme un trophée.

C'en était trop. Nelly bondit comme un ressort et voulut le lui reprendre.

Elle se sentait pleine d'autorité.

Mlle Lamrot recula en riant.

— Vous ne voulez pas me répondre... Eh bien, je vais le découvrir toute seule, dit-elle d'une voix doucereuse.

— Non, fit Nelly.

— Mais si !

— Jean-Baptiste Poquelin... c'est Molière, cria alors une voix.

C'était Martin qui voulait faire diversion.

— Taisez-vous, Martin ! Ce n'est pas le moment des réponses ! Vous le voyez bien.

Mlle Lamrot avança dans l'allée, ouvrit le carnet et lut à voix haute : « $M1/2 = 1,672$ Zev $+ 10/C2 = 1\,622$ ans. » Elle regarda Nelly avec attention.

— Ah ! ah ! J'ignorais que je comptais une aventurière des chiffres dans ma classe ! J'ignorais que les mathématiques vous passionnaient à ce point... Bravo ! Mais vous êtes sûre de vos calculs ?

Au fond de la classe, plusieurs élèves se mirent à rire.

À peine Mlle Lamrot venait-elle de prononcer la formule du carnet que des bruits se firent entendre dans le couloir.

Des portes claquèrent.

Des coups sourds plusieurs fois résonnèrent.

Mlle Lamrot se tourna vers la porte. Les bruits cessèrent.

Elle se précipita alors sur l'estrade, bouche ouverte, la main levée en tenant le carnet.

Dans le couloir, les bruits reprirent.

— Elle va piquer sa crise ! chuchota Nelly à Iris en lui donnant un coup de coude.

— Oui, je crois !

Nelly se tourna vers Martin et lui adressa un clin d'œil.

— Avoue que c'est drôle ! lui dit-il.

— Pas tellement. Elle ne sait pas ce qui l'attend !

— Quoi donc ?

— Je ne sais pas exactement... On va voir.

Mlle Lamrot prit une craie, ouvrit le

carnet et commença à recopier au tableau : « M1/2 = 1,672 Zev + 10/C2 = ... » Elle s'arrêta et dit brusquement, d'une voix saccadée :

— Où trouve-t-on le mois de juillet avant le mois de juin ?

Les élèves se regardèrent.

— Qu'est-ce qui lui prend ? dit Iris.

— Elle est ridicule ! Elle se croit à la maternelle, fit Martin.

— Où trouve-t-on le mois de juillet... Où trouve-t-on le mois de juillet... de juillet... ? recommença Mlle Lamrot.

Elle ne put achever sa phrase. Les mots ne sortaient plus. Le visage blanc, les yeux égarés, la bouche tremblante, elle dut s'appuyer contre le bureau.

Le temps s'arrêta pendant un moment qui parut une éternité à toute la classe.

— Qu'est-ce qu'elle a ? Elle a perdu la tête ? Elle a un malaise ? s'exclama Martin.

Leur professeur, celle qui chaque jour affrontait ses élèves, et qui les dominait, semblait avoir perdu d'un coup tous ses moyens.

— Qu'est-ce qui se passe ? demanda Iris à Nelly.

— Je t'expliquerai... Si je peux !

Vite, il fallait faire quelque chose.

Nelly se leva et alla jusqu'à l'estrade reprendre des mains de Mlle Lamrot son précieux carnet. Celle-ci se laissa faire. Aussitôt elle se détendit.

Elle retrouva la parole, lissa de la main les plis de sa jupe écossaise et jeta un regard autour d'elle comme si rien, absolument rien, n'était arrivé.

Nelly était soulagée.

— Prenez une feuille de papier, dit le professeur en avalant sa salive.

— Maintenant ? s'étonna Martin.

— Oui. Tout de suite.

Son visage avait repris des couleurs et sa voix, son autorité. Dans un léger brouhaha, les élèves sortirent leur feuille et leurs stylos.

— Décrivez-moi vingt-quatre heures de la vie de Jean-Baptiste Poquelin alias Molière.

Elle consulta son bracelet-montre.

— Vous avez deux heures. Je relève les copies à midi.

— Quel sujet tordu ! lança un élève du fond.

– Deux heures, c'est tout ! se plaignit une autre.

« Pour moi, c'est suffisant ! » pensa Nelly.

Mlle Lamrot, tout en jouant avec son collier de perles, dit :
– Silence, au fond... Je ne veux plus rien entendre.

La fin de la matinée fut tranquille. Chacun des élèves voyagea par l'imaginaire et se retrouva au XVIIe siècle pendant deux heures.

Chapitre 9

— Voaaaaaaaah ! Midi, enfin...

— C'est pas trop tôt. Quelle matinée !

Les portes de la classe s'ouvraient. Midi libérait les élèves. Midi les lâchait dans les escaliers.

Une tornade bruyante et joyeuse s'engouffra dans les couloirs aux murs jaune pâle.

Avides de confidences, ils dévalaient les escaliers, pressés de retrouver un autre rythme : celui de la liberté.

— Alors, Molière... Il t'a inspirée ? demanda Nelly à son amie.

Iris boutonna sa grosse veste de laine bariolée avant de lui répondre.

— Je lui ai fait passer une journée dans un salon parmi ses précieuses. Avec leurs prétentions. Leurs bavardages. À la fin, il les quittait pour aller rejoindre les servantes aux cuisines.

Nelly sourit, un instant insouciante.

— Pas mal ! C'est drôle.

Elle serra ses cahiers contre elle.

— Et toi ?

— Moi... Je l'ai fait vivre au théâtre, chez lui, sur la scène, dans les coulisses. Avec sa troupe. Pendant la répétition d'une de ses pièces.

— Pendant une répétition ! Mais c'est royal ! super-génial ! cria Martin qui avait bousculé plusieurs élèves pour rejoindre Iris et Nelly.

— Arrête, tu en fais trois tonnes ! lança Iris avec un petit sourire railleur.

Martin lui tapa sur l'épaule et dit :

— Moi !... Je n'en fais jamais assez !... Nelly, quelle pièce ?

— J'ai choisi *Le Malade imaginaire*. Et toi ?

— Secret. Top secret. Je ne vous confierai rien. Vous n'en êtes pas dignes, mesdemoiselles ! Je ne vous dirai rien avant que Nelly ne s'explique vraiment sur ce qui s'est passé avant la dissertation.

Il fit un clin d'œil à Nelly.

— Quand ? dit celle-ci, le visage faussement candide.

— Au début des cours, quand tu es arrivée en retard. Quand elle a pris ton carnet...

Iris lui coupa la parole :

— C'est vrai. Nelly, tu avais dit que tu m'expliquerais.

Nelly mit un doigt devant ses lèvres.

— *Nothing. Niente. Nada.* Pas maintenant. Dans cinq minutes. Quand nous serons assez loin de l'école.

— Pourquoi ?

— Pour rien.

Ses yeux étaient graves.

— Tu veux nous faire peur ?

— Non. Mais il y a des choses inquiétantes qui ne se partagent pas à la légère.

Sûre de son effet, Nelly ne prononça que les mots nécessaires. Iris désespérait de ne pas en savoir davantage tout de suite. Ils traversèrent la cour encombrée de vélomoteurs mal rangés. Martin prit la main de Nelly.

Dehors, ils se mirent à courir, Iris sur leurs talons.

— Elle nous suit partout... On peut dire qu'elle est collante ! murmura Nelly à l'oreille de Martin.

— Sois plus sympa !

Les rues du quartier autour de l'école étaient tristes, presque sans boutiques. Ils remontèrent le boulevard bordé de grands platanes. L'air frais animait leurs visages.

Iris les rattrapa.

— Alors, maintenant qu'on est sortis, tu peux tout nous expliquer, fit-elle.

Nelly regarda autour d'eux avec un air de conspirateur.

— Venez vous asseoir sur ce banc.

Elle posa ses cahiers près d'elle et sortit le carnet rouge de sa poche.

— Surtout, laissez-moi parler, même si ce que je vous dis vous paraît fou... prévint-elle.

Les deux autres acquiescèrent en hochant la tête.

— Eh bien, ce petit carnet, c'est de la dynamite.

— Nelly ! ne put s'empêcher de lancer Martin.

— S'il te plaît... Je continue. Puisque vous vouliez savoir, regardez...

Elle tendit à Martin le petit carnet rouge. Il tourna les pages couvertes de formules à l'encre bleue.

— Je n'y comprends rien du tout... C'est du pur chinois pour moi !

Nelly prit un air mystérieux et déclara très lentement :

— Il y a du pouvoir dans ce carnet. Trop. Beaucoup trop. Il est dangereux.

Iris se mit à rire en se frappant la tempe de son index.

Nelly la regarda avec sévérité.

— Je n'invente rien. Il rend les gens bizarres. Il les transforme. Pire. Tantôt il accélère le temps, tantôt il l'arrête.

— Où l'as-tu trouvé ? questionna Martin.

Nelly choisit de mentir en expliquant que son père le lui avait prêté la veille.

— Eh bien, c'est simple... rends-le-lui, conseilla Iris.

— Non. Ce carnet est dangereux pour lui aussi. Pour nous tous.

— C'est idiot, ce n'est qu'un banal carnet couvert de chiffres, fit Iris en haussant les épaules.

Nelly faillit se mettre en colère en entendant son amie.

— Un banal carnet... qui a immobilisé Mlle Lamrot pendant plusieurs minutes !

Tout à coup, Iris se leva et se dirigea vers une femme en imperméable qui remontait le boulevard. Elle lui parla puis revint vers ses amis.

— Qu'est-ce que tu lui as demandé ? dit Nelly.

— Un ticket de métro.

Nelly bondit.

— Un ticket de métro ! Tu n'es pas gênée, toi... ça va pas ! Pourquoi pas un billet de cent francs ?

— Nelly, pas de morale. Je fais ce que je veux. D'ailleurs, tu m'énerves avec ton histoire de carnet. Je m'en vais. Bye-bye.

Elle tendit sa joue à Martin qui l'embrassa.

Nelly se tourna ostensiblement vers l'autre côté du banc. Elle frissonna. Elle avait gagné. Elle restait seule avec Martin.

— Tu te rends compte, aller mendier un ticket de métro !

— Oublie-la. Tu es trop speed. Oublie-la, on est tous les deux.

Ils regardèrent Iris filer vers le carrefour parmi le flot des passants pressés.

— Je suis trop speed ! Tu trouves vraiment ? demanda Nelly, inquiète.

— Plutôt. C'est ton histoire de carnet qui te met dans cet état-là ?

Nelly observa le carrefour, le ciel qui se couvrait de nuages menaçants, puis elle fixa Martin dans les yeux.

— Tu as bien vu le résultat pendant la première heure de cours, non ?

Martin sourit.

— J'ai seulement vu que miss Lamrot avait eu un léger malaise.

— Parfaitement. Elle a eu un malaise dès qu'elle s'est emparée de mon carnet. Dès qu'elle a commencé à écrire au tableau une des formules, dit-elle, l'air préoccupé.

— Mais voyons, Nelly... réfléchis ! C'est seulement une coïncidence !

— Non, non, non. Plusieurs fois, ce carnet a provoqué des bouleversements.

Nelly sentit que Martin ne la croyait pas. Il se mordit les lèvres, se leva, puis se pencha vers elle et, plongeant la main dans ses longs cheveux bruns, annonça :

— Il faut que je rentre. Le temps, hélas, ne s'arrête pas !

— Si, quelquefois.

Martin ne put s'empêcher de rire.

— On en reparlera demain, si tu veux. Demain matin. Rendez-vous au parc, près de la statue de Verlaine, à 9 heures. O.K. ?

— O.K. Mais avant, à cet après-midi, à l'école.

— Tchao !

Il l'embrassa dans le cou et s'en alla en courant vers le haut du boulevard, ses cahiers sous le bras.

Chapitre 10

Martin venait de la quitter depuis quelques minutes. Et c'était déjà loin. Elle regarda sa montre. Midi vingt-cinq. Sa mère devait l'attendre pour déjeuner. Elle se leva.

Où couraient tous ces passants pressés sur le boulevard ?

Avaient-ils eux aussi des rendez-vous avec le temps ? Étaient-ils maîtres de leurs journées, de leurs années ?

L'air était vif. Le ciel recommençait à s'éclaircir. En descendant vers le carrefour, elle se mit à fredonner :

— « *Elle en faisait un peu trop... la fille aux yeux menthe à l'eau...* »

Un passant, près d'elle, l'entendit et, spontanément, sifflota le même air. Nelly se prit à sourire.

Chapitre 11

Derrière les grilles du jardin public, les grands arbres frémissaient. Le vent, la lumière tendre traversaient leurs feuillages.

Nelly se hâta. Elle quitta l'allée principale pour gagner le lieu du rendez-vous. Une petite allée bordée de buissons s'ouvrait sur une pelouse dominée au centre par la statue de Verlaine.

Deux pigeons s'étaient posés sur le crâne bien rond du poète.

Martin était assis sur un banc, le regard vague. Nelly courut vers lui.

— Mais tu as les dents du bonheur ! Je

ne l'avais jamais vraiment remarqué !
lui dit-il tout de suite.

Nelly rougit.

Martin ne lui laissa pas le temps de
parler. Il enleva son écharpe de laine et
la lui enroula autour du cou.

— C'est pour toi... Puisque, pour une
fois, tu es arrivée à l'heure au rendez-
vous !

— Merci.

Elle éclata de rire. Son fou rire fut
pour Martin comme le plus beau des
cadeaux.

— Alors, aujourd'hui n'est pas un jour
comme les autres ? lui demanda-t-elle.

— Non. Aujourd'hui, tu vas tout me
dire.

Plus rien n'existait pour lui, pour elle,
que la joie d'être dans ce jardin baigné
de la lumière claire de l'automne. Les
grands arbres, autour d'eux, leur trans-
mettaient leur force, leur beauté, leur
tranquillité.

— Plutôt que de tout te dire... je vais te
montrer l'effet que peut produire mon
petit carnet. Tu as bien réfléchi ?

— Bien sûr. Dans la vie, les points d'interrogation m'intéressent particulièrement.

— Marchons un peu, proposa Nelly en jouant avec un bout de sa nouvelle écharpe.

Martin sourit à la statue de Verlaine et entraîna son amie. Plusieurs merles sautillaient sur la pelouse jonchée de feuilles rousses. Un gros corbeau aux ailes sombres vint les rejoindre. Des jardiniers râtissaient les allées. Des hommes, des femmes en tenue de jogging couraient, s'arrêtaient pour faire quelques mouvements de gymnastique.

— Tiens, c'est super ! Nous sommes dans l'endroit du jardin réservé à la promenade des chiens, remarqua Nelly après un moment.

— J'ai horreur des chiens ! Ils envahissent tout... plaisanta Martin.

— Oh !

— Je t'ai choquée ?

— Un peu. Je les adore. Regarde celui-là... Le petit caniche noir, il est si mignon.

— Mais oui. Un vrai jouet.

Au bout de leurs laisses, les chiens avançaient tranquillement, suivis de leurs maîtres, selon un parcours bien établi. C'était presque comme un rite. Un défilé. Des caniches. Un lévrier. Un teckel. Des bergers allemands. Plusieurs petits yorkshires avec des nœuds roses. Quelques bâtards. Un gros bouledogue.

Nelly eut alors une idée. Elle sortit le carnet de sa poche, le montra à Martin.

— C'est ton fameux carnet ?

— Oui. Tu vas voir. Il est capable de prodiges.

— Vite. Fais-le.

Nelly regarda les chiens et leurs maîtres un à un avant de secouer le carnet.

Une femme lâcha son sac à main. Tous les chiens se mirent à aboyer et à tirer comme des fous sur leurs laisses. Le lévrier s'échappa. Il courut vers la pelouse interdite. L'un des bergers allemands entraîna sa maîtresse qui perdit en même temps une de ses chaussures et sa superbe dignité.

Les petits yorkshires aux nœuds roses se lancèrent en une ronde effrénée autour des jambes de leur maîtresse.

Le gardien du jardin commença à siffler.

— Ils vont la faire tomber ! cria Martin.

Il n'était pas déçu. Une frénésie soudaine s'était emparé de tous les chiens. Le sifflet du gardien ponctuait leurs aboiements.

— Maintenant, ça suffit, estima Nelly.

Elle rangea le carnet dans sa poche.

— Pas tout de suite... implora Martin.

— Si. C'est déjà assez fou comme ça ! Tu veux les rendre enragés ?

— Oh non...

Aussitôt le calme revint dans le jardin. Les chiens reprirent gentiment leur promenade. Et leurs maîtres, étonnés, se mirent à converser entre eux.

— Ton carnet dérange tout, constata Martin.

— Alors, maintenant, tu me crois ?

— Je crois qu'il se passe souvent des choses pas ordinaires qui nous dépassent, dit-il doucement.

Il ajouta en la fixant dans les yeux :

— La prochaine fois, j'apporterai mes patins à roulettes. Ce sera plus drôle !

Au-dessus d'eux, le ciel se voila. Un jardinier allait tondre la pelouse. Il commença à pleuvoir. D'abord quelques gouttes. Puis une pluie dense et fine. Nelly et Martin coururent vers l'abri près du manège.

— Confie-moi ton carnet, dit Martin.

Surprise, Nelly s'arrêta. Elle répondit :

— Non, non, non. C'est impossible... Il faut absolument que je m'en débarrasse.

— Quand ? fit Martin.

— Demain. Après les cours. Si tu veux m'accompagner...

— Bien sûr.

L'épisode des chiens restait pour Nelly comme un morceau supplémentaire d'un puzzle inconnu.

Chapitre 12

Un ciel livide et sombre comme une lourde tenture pesait sur l'esplanade devant la gare centrale.

« Un ciel d'enterrement... Il va encore pleuvoir », pensa Nelly en suivant des yeux les nombreux voyageurs, tous pressés, chargés de valises et de paquets. Elle se demanda ce qu'elle faisait parmi eux en ce matin d'octobre.

Le petit carnet rouge avait déréglé son univers habituel. Il avait apporté avec lui l'absurde, l'irrationnel, le risque.

Inquiète, elle chercha le kiosque à journaux. Le point de ralliement. Iris et

Martin devaient l'y rejoindre. Le grand hall de la gare ressemblait à une ruche, avec ses escaliers roulants, ses boutiques, ses guichets.

Pour se rassurer, Nelly serra contre elle les pans de l'écharpe que lui avait donnée Martin.

Les derniers jours avaient passé si vite... Heures irréelles. Moments décalés. Instants étranges au cours desquels elle avait côtoyé une partie mystérieuse de la vie...

Cette période allait finir. Elle allait se débarrasser de ce carnet détenteur de trop de secrets.

Son père ne s'était aperçu de rien. Elle lui en parlerait un jour, beaucoup plus tard.

Plus jamais elle ne laisserait le temps s'arrêter puis s'accélérer selon un rythme inconnu.

Tant pis pour la recherche...

Elle haussa les épaules. Les yeux rivés sur la pendule près du tableau d'affichage des trains, elle se mit à faire les cent pas devant le kiosque à journaux.

Iris et Martin arrivèrent presque ensemble. Martin portait son carton à dessin. Iris était entièrement vêtue de rouge. Ils lui firent de grands signes et coururent à sa rencontre en haut de l'escalier.

— Ah ! vous voilà enfin... Pas trop tôt, leur lança Nelly en guise de bonjour.

— Toujours impatiente, la petite Nelly ! remarqua Martin après l'avoir embrassée.

— Tu n'as rien à nous dire. Nous sommes à l'heure, ajouta Iris, soupçonneuse.

Nelly lui dit :

— Ne commence pas ! Vous êtes venus ici pour m'aider, non ? naturellement ?

— Naturellement, acquiesça Iris.

— Alors, allons-y !

Nelly regarda autour d'elle comme si elle cherchait quelqu'un. Elle aperçut un employé de la SNCF et se dirigea droit sur lui. Il avait l'air sympathique.

Ses amis lui emboîtèrent le pas. Nelly s'adressa à l'employé :

— Bonjour. Quel est le quai du train pour Nantes, s'il vous plaît ?

Martin ne voyait pas où elle voulait en venir. Il scruta le visage de son amie toujours déroutante. Elle souriait à l'employé. Celui-ci souleva sa casquette, se gratta le front en consultant le tableau d'affichage.

— C'est le quai numéro 3. Le train part à 9 h 50.

Nelly tira alors le carnet rouge de sa poche.

L'employé, jusque-là aimable, fronça les sourcils et se mit à bégayer :

— Je vais vous... vous le dire puisque vous êtes si cur... cur... curieuse. Il n'y a jamais eu de... quai num... num... numéro 3.

Il plissa les yeux.

— Vous en êtes sûr ? insista Iris.

— Puisqu'il te le dit...

À ce moment précis, l'employé montra un autre visage. Il grimaça. Sa bouche resta grande ouverte. Aucun son n'en sortit. Saisi de tremblements, il fit deux ou trois pas, balança les bras comme pour un numéro de music-hall.

Nelly tourna doucement une page du carnet rouge.

L'employé retrouva aussitôt la parole.

— Le quai numéro 3 est le premier à gauche. Ne vous trompez pas.

— Merci. Merci beaucoup, fit Nelly.

— Et qu'est-ce que j'ai gagné ? lui demanda l'employé.

Nelly et Martin se regardèrent. Ils avaient envie de rire.

— Votre poids exact en boîtes de viande pour chats, répondit Martin sans réfléchir.

— En boîtes de viande pour chats ! répéta l'employé, désappointé.

— Tout à fait. Pour chats exclusivement... dit Martin, très joyeux.

— Mais je n'ai pas de chat !

— Tant pis ! Merci pour le renseignement.

— À votre service ! marmonna l'employé.

Il semblait dépassé. Il chercha son mouchoir et s'essuya le front.

— Mesdames, messieurs, voie 6, le train en provenance d'Orléans entre en gare, lança une voix venant d'un haut-parleur.

— À gauche. Il a dit à gauche, rappela Martin à Nelly qui partait dans la direction opposée.

— Oui. C'est celui-ci, quai numéro 3.

Nelly monta la première dans le

train. Elle choisit un compartiment libre, au hasard.

— Voilà qui lui servira d'écrin, dit-elle en pensant à son carnet.

Martin ouvrit la porte.

Nelly alla déposer le carnet rouge sur le porte-bagages au-dessus de la banquette.

— À celui qui le voudra ! À celui qui le trouvera ! Me voilà débarrassée...

— Tu n'as pas de regrets ? demanda Martin en la laissant passer devant lui dans le couloir.

Elle se retourna. Son visage était à la fois joyeux et grave.

— Aucun.

— Tu en es sûre ?

— Absolument. C'était mon plan depuis quelques jours. Le temps ne se jouera plus de nous. Jamais plus.

Iris regarda vers le quai et dit :

— Nelly, Martin... descendez vite. Le train va partir. Moi, je ne tiens pas à voyager !

— Mesdames, Messieurs, le train va quitter la gare. Éloignez-vous de la bordure du quai. Merci.

La voix dans le haut-parleur se tut. Nelly regarda les portes se fermer et le train s'ébranler lentement. Dans un compartiment anonyme, il emportait le carnet rouge loin de sa vie. Loin de la ville. Celui qui le ramasserait aurait bien des surprises. Mais peut-être que le petit carnet se tairait. À tout jamais. Avec les mystères, on ne peut pas savoir.

Nelly se retourna. Elle était émue. Ses yeux rencontrèrent ceux de Martin.

— On rentre ?

— Oui. Maintenant, je sais que le présent sera tranquille.

— Je t'achèterai un sablier ! dit Martin en souriant.

Croisant les doigts, ils levèrent la tête vers le ciel qui s'éclaircissait.

Le train avait quitté la gare. Il laissait dans son sillage les images et les moments d'un passé évanoui.

l'Atelier du Père Castor présente

la collection Castor Poche

La collection Castor Poche vous propose :

- des textes écrits avec passion par des auteurs
  du monde entier,
  par des écrivains qui aiment la vie,
  qui défendent et respectent les différences ;
- des textes où la complicité et la connivence
  entre l'auteur et vous se nouent et se
  développent au fil des pages ;
- des récits qui vous concernent parce qu'ils
  mettent en scène des enfants et des adultes dans
  leurs rapports avec le monde qui les entoure ;
- des histoires sincères où, comme dans la réalité,
  les moments dramatiques côtoient
  les moments de joie ;
- une variété de ton et de style où l'humour,
  la gravité, la fantaisie, l'émotion, la poésie
  se passent le relais ;
- des illustrations soignées, dessinées par des
  artistes d'aujourd'hui ;
- des livres qui touchent les lecteurs à différents
  âges et aussi les adultes.

Un texte au dos de chaque couverture vous présente les héros, leur âge, les thèmes abordés dans le récit. Vous pourrez ainsi choisir votre livre selon vos interrogations et vos curiosités du moment.

Au début de chaque ouvrage, l'auteur, le traducteur, l'illustrateur sont présentés. Ils vous invitent à communiquer, à correspondre avec eux.

CASTOR POCHE
Atelier du Père Castor
4, rue Casimir-Delavigne
75006 PARIS

357 **Les croix en feu (Senior)**
par Pierre Pelot

Après la guerre de Sécession, Scébanja revient sur les terres où il est né esclave afin d'acheter une ferme et de se comporter en homme libre. Mais c'est compter sans la haine des Blancs. Appauvris par la guerre, ils voient d'un mauvais œil leurs esclaves d'antan s'émanciper. Le Ku Klux Klan est né !

358 **Père loup**
par Michel Grimaud

Pour sauver Olaf, un loup qu'il a élevé, et que le directeur du cirque veut abattre, le clown Antoine ouvre la cage en pleine nuit. L'homme et la bête s'enfoncent au plus profond des bois. Furieux, le patron du cirque prévient les gendarmes, et bientôt tout le pays croit qu'une bête féroce menace la région.

359 **Une grand-mère au volant**
par Dianne Bates

La grand-mère de Cadbury conduit un énorme véhicule de trente-six tonnes à dix vitesses. Le garçon est mort de honte. Mais une grand-mère camionneur cela a beaucoup d'avantages surtout lorsqu'elle vous balade dans toute la région, et qu'il vous arrive des tas d'aventures. Finalement, Cadbury est très fier de Grandma.

360 **Hook**
par Geary Gravel

Nous retrouvons Peter Pan qui a accepté de grandir. Père de famille prospère, il a tout oublié de sa jeunesse. Mais un jour, ses enfants sont enlevés par le terrible Capitaine Crochet. Peter devra retourner au Pays imaginaire, aidé de la fée Clochette. Ce livre est tiré du film de Steven Spielberg *Hook*.

361 **La dame de pique (Senior)**
par Alexandre Pouchkine

À Saint-Pétersbourg, dans la Russie tsariste, l'officier Hermann, contrairement à ses camarades, ne joue jamais aux cartes. Sauf un jour, parce qu'il est sûr de gagner. Oui ! mais aux cartes, on n'est jamais sûr de rien.

362 **Sous la neige l'orchidée**
par Patrick Vendamme

Claudia s'ennuie dans la luxueuse maison où elle est si souvent seule. Aussi son chien Mick tient-il une place importante dans sa vie. Un jour, il disparaît. En menant des recherches, Claudia rencontre un clochard bougon. Mais qui est cet homme ? Peu à peu, une complicité unit ces deux solitaires...

363 **La famille réunie. Le Train des orphelins.**
par Joan Lowery Nixon

Danny et Pat Kelly sont recueillis par un couple qui les élève avec amour. À la mort d'Olga, Danny espère remarier sa mère à Alfrid qu'il aime comme son père. Tout ne se passera pas tout à fait comme prévu, mais la famille Kelly retrouvera le bonheur.

364 **Maître Martin le tonnelier... (Senior)**
par Theodor Hoffmann

Maître Martin le tonnelier est un père possessif qui a juré de ne donner sa ravissante fille qu'à un artisan de sa confrérie. Pour gagner l'agrément du père, deux jeunes hommes sont prêts à renoncer l'un à son rang, l'autre à son art. Pourtant la raison l'emportera finalement.

365 La Vénus d'Ille et Carmen (Senior)
par Prosper Mérimée

Tout commence dans la joie du prochain mariage du fils de Peyrehorade avec une jolie héritière de la région. C'est compter sans la statue de Vénus qui orne le jardin. Le fiancé a glissé au doigt de la déesse son alliance qui le gênait lors d'une partie de jeu de paume...

366 Othon l'archer (Senior)
par Alexandre Dumas

Le comte Ludwig est jaloux. Il soupçonne sa femme d'aimer Albert, et craint que son fils Othon soit le fruit de cet amour coupable. Il chasse sa femme et destine Othon à une vie de moine. Mais Othon s'enfuit et s'engage dans une compagnie d'archers.

367 Le Cheval blanc (Senior)
par Karin Lorentzen

Silje reçoit pour son anniversaire le cadeau de ses rêves, une jument blanche. Elle va devoir dresser Zirba pour atteindre son but : gagner des compétitions. Elle apprendra la rudesse de l'équitation et la sévère concurrence qui existe au sein de ce sport de haute compétition.

368 La Gouvernante française (Senior)
par Henri Troyat

À la veille de la Révolution d'Octobre, Geneviève arrive à Saint-Pétersbourg. Elle est française, gouvernante des enfants Borissov. Elle découvre, à travers ses yeux d'étrangère, l'insurrection bolchevique, le dénuement soudain des familles bourgeoises, le danger, mais aussi la fougue. Elle va tomber amoureuse de la Russie.

369 Le Dernier Rezzou (Senior)
par Jean Coué

D'abord vinrent les camions, puis les pétroliers. Alors, pour certains, le Sahara cessa d'être. Pourtant ! Il suffit qu'un vent fou lève le sable, et de la tempête, surgit le passé enfoui au cœur des hommes ! Une histoire de Touareg, et d'hommes de l'Algérie du Nord durant trois jours, le temps d'une tempête.

370 Un si petit dinosaure
par Willis Hall

Edgar Hollins éprouve une vraie passion pour les animaux préhistoriques, alors, comment ne garderait-il pas l'œuf de dinosaure qu'il trouve un jour, même si personne n'y croit, et que son père lui ordonne de le jeter ? Bravant l'interdit paternel, il va élever clandestinement le bébé dinosaure sorti de cet œuf...

371 Un cœur presque tout neuf
par Christine Arbogast

Christophe a un père merveilleux : il est inventeur ! Mais Papa est malade, il doit être opéré. Pendant son absence, la vie de la famille continue, et, lorsque le malade rentre avec un cœur presque tout neuf, il découvre que ses enfants ont de bonnes idées d'invention !

372 Drôle de passagère pour Christophe Colomb
par Valérie Groussard

Julie vivait heureuse auprès du roi son père. Mais un jour, toute la cour fut transformée en animaux. Julie devint un petit cochon ! Avec l'aide de ses amis magiciens Miranda et Aldo, elle embarqua sur le bateau de Christophe Colomb pour dénouer le mauvais sort en pleine mer. C'est ainsi que Julie accompagna le navigateur en route vers les Indes !

373 Le Testamour (Senior)
par Marc Soriano

En 1978, Marc Soriano est tombé gravement malade. Les textes rassemblés ici sont la correspondance qu'il échangea de son lit d'hôpital avec deux de ses filles. Magnifique dialogue poétique à trois voix, réflexions sur la vie, l'amour et la mort.

374 Noria (Senior)
par Jacques Delval

Un manège dans la tête : Médéric se sent responsable d'un accident survenu sur le manège où il travaille l'été. Il doit fuir loin, très loin, fuir pour se faire oublier...

Noria : Noria aperçoit tracé sur une glace sans tain, son prénom qui s'étale en arabesques folles. Qui a taggué ainsi son prénom ? Serait-ce un message de son père dont elle ignore tout ?

375 Zita Sol
par Simone Balazard

Zita Sol habite Paris avec sa mère, critique de rock. Lorsque son père américain vient lui rendre visite, ils parcourent la capitale. Zita décide de rencontrer les habitants de sa tour du XIIIe arrondissement et pour cela organise un club littéraire...

376 Le chemin de Clara
par Marie-Sophie Vermot

Clara, dix ans, est une fille unique choyée. D'origine brésilienne, elle a été adoptée bébé. Aussi lorsque son père lui annonce que, contre toute attente, sa maman attend un enfant, elle le prend très mal. Heureusement que Simon, lui aussi adopté, l'aidera à comprendre que ses parents l'aimeront toujours autant.

377 **Le rosier blanc d'Aurélie (Senior)**
par Anne Pierjean

Eulalie, la jeune belle-fille de la ferme des Ronciers, a bien du mérite pour supporter avec le sourire son beau-père, l'Alexandre, veuf acariâtre, à moitié paralysé de surcroît. Mais pourquoi est-il ainsi, quels regrets le taraudent-ils à ce point ? Eulalie avec amour et patience ramènera la joie de vivre à la ferme.

378 **La cadillac d'or (Senior)**
par Mildred D. Taylor

Trois nouvelles qui font renaître de façon très vivante la vie des enfants noirs du sud des États-Unis aux alentours de la Seconde Guerre mondiale. Comment faire reculer l'intolérance ? Comment vivre sa différence ? Ces trois nouvelles sont écrites dans la langue de tous les jours, simplement, sincèrement.

379 **Les champions de l'île aux Tortues**
par Gery Greer et Bob Ruddick

Scott et Pete ont obtenu la permission de camper sur une île déserte. Oui, mais voilà ! lorsqu'ils abordent leur fief, ils découvrent qu'ils ne sont pas les premiers. Deux filles de leur âge y campent déjà. C'est trop ! La lutte pour la conquête du territoire sera impitoyable...

380 **La folle poursuite**
par Hugh Galt

À Dublin, Nicolas possède-t-il à peine le vélo de ses rêves qu'on le lui vole. En partant sur les traces des voleurs, il tombe sur une bande de kidnappeurs très dangereux. Suspense, mouvement et humour sont au rendez-vous qui nous mènent au dénouement d'une traite.

381 Aliocha (Senior)
par Henri Troyat
1924. Élève de troisième dans un lycée de Neuilly, Aliocha n'est pas un enfant comme les autres. Fils d'émigrés russes, fuyant la Révolution, il est élevé dans le souvenir de sa patrie natale. Aliocha rêve d'être français, l'amitié qui le lie à Thierry est le premier pas vers l'intégration...

382 Le bateau maudit
par Gérard Guillet
Près de Madagascar, l'île de Nosy Be va-t-elle devenir la poubelle du monde ? Violant les lois un armateur y fait enterrer des fûts suspects en pleine nuit, achetant à prix d'or le silence des habitants. Mais les enfants de Nosy Be se révoltent, ils ne veulent pas de cet avenir-là !

383 De toute façon...
par Christine Nöstlinger
Karli, Ani et Speedi sont les trois enfants d'un couple qui va divorcer. Chacun d'eux raconte avec verve et humour sa vision de la vie quotidienne d'une famille qui se déchire. La séparation des parents va créer une solidarité à toute épreuve pour les enfants...

384 Deux espions à Fécamp
par Bertrand Solet
Été 1906, c'est la saison des bains de mer pour les riches vacanciers, mais Jean-Marie travaille dur dans les cuisines d'un hôtel. Son père, un terre-neuva, a été blessé lors d'une campagne de pêche, le garçon veut savoir par qui. Dans la ville se cachent deux espions russes traqués par les policiers. Jean-Marie, l'espace d'un été, joue au détective.

385 Une autre vie (Senior)
par Anne-Marie Chapouton

Marie Magnan est jeune fille au pair à New York en 1953 lorsqu'elle perd son fiancé à la guerre d'Indochine. Elle décide alors de changer de vie, de travail. Elle fera l'apprentissage de la liberté, la découverte de l'art dans les musées new-yorkais.

386 Mon père le poisson rouge
par Liliane Korb et Laurence Lefèvre

Léo a un père peintre naïf, une mère institutrice ; ses parents sont séparés. Un jour, ayant appris par hasard une formule magique trouvée dans un vieux livre, il transforme son père en poisson rouge ! Il faut vite trouver la formule qui rendra sa forme à son père...

387 Dix-neuf fables de singes
par Jean Muzi

Dix-neuf fables et contes empruntés à la littérature populaire d'Europe, d'Asie et du Moyen-Orient dans lesquels le singe est le héros. Il n'est pas seulement le bouffon que nous connaissons mais symbolise également chez certains la sagesse, le détachement et le bonheur.

388 Le trésor de Mazan
par Anne-Marie Desplat-Duc

En juin 1562, dans le Vivarais, Estienne découvre la dure vie d'ouvrier agricole. Un soir, il surprend une conversation, l'abbaye de Mazan va être attaquée ! Comment faire pour sauver les moines ? Estienne arrivera juste à temps pour recueillir les dernières paroles du père supérieur qui lui confie le secret du trésor de Mazan. Que décidera Estienne, porteur d'un si lourd secret ?

389 **Le révolté de Savines**
par Alain Surget

En 1960, le barrage de Serre-Ponçon fait disparaître Savines sous les flots. Anselme ne peut se résoudre à quitter les lieux qui l'ont vu naître. Alors il prend le maquis. Dans la montagne, il trouve Sarithe, elle aussi fuit, elle ne veut pas devenir écuyère dans le cirque familial. Anselme deviendra le protecteur de la fillette. Mais, en bas dans la vallée, tout le monde pense que Sarithe a été kidnappée.

390 **Samuel Tillerman (Senior)**
par Cynthia Voigt

Samuel Tillerman aime la solitude du coureur de fond. Champion de cross-country, il la recherche. Enfant d'une famille déchirée dans un pays déchiré (les États-Unis sont en pleine guerre du Viêt-nam) Cougar fuit tout attachement. Courir est pour lui un absolu de liberté. Pourtant, ce garçon pur et dur va devoir réviser ses certitudes.

391 **Super cousine**
par Roger Collinson

Céder sa chambre à une cousine de un an plus vieille que vous, c'est la barbe ! Surtout si celle-ci rallie tous les suffrages. Ce n'est plus tolérable, aussi Figgy concocte-t-il une bonne vengeance...

392 **Grandes vacances 14/18**
par Jeanne Lebrun

Jeanne Lebrun a onze ans en 1914, lorsqu'éclate la Première Guerre mondiale. Après la destruction de leur maison, Jeanne, son frère et sa mère se réfugient dans un village épargné... Bientôt, le village est occupé par l'armée ennemie, la vie s'organise à l'heure allemande. Chacun est réquisitionné et doit participer aux travaux des champs. Pour les enfants cela ressemble à de longues vacances.

393 **Magellan, l'audacieux**
par Isodoro Castaño Ballesteros

Les marins qui partirent au XVIe à la recherche de la route des épices ont affronté de terribles tempêtes, abordé des rivages inconnus, rencontré des indigènes hostiles ou très accueillants. Le périple entraîne le lecteur du port de Séville aux îles de la Sonde, en passant par le Brésil, la Patagonie, avec, enfin, la découverte des îles Moluques.

394 **Poil de Carotte (Senior)**
par Jules Renard.

Poil de Carotte, c'est le surnom que lui a donné sa mère. Pour elle, il a tous les défauts. Toutes les brimades sont pour lui, il les subit avec bonne humeur, même si, tout au fond de lui, la blessure est vive. Pourtant, la vie n'est pas si noire pour Poil de Carotte, il partage des parties de pêche et de chasse avec son père et son parrain, il se fiance avec Mathilde...

395 **Un chat venu de l'espace**
par Dyan Sheldon

Sara Jane rencontre un chat dans la rue, un chat qui parle ! Il dit venir d'une autre planète, il a perdu son vaisseau spatial et exige de s'installer chez Sara Jane ! Mais c'est impossible, sa mère est allergique aux chats, son frère a deux canaris. Impossible ? Rien n'est impossible pour un chat extraterrestre...

396 **Le sang des étoiles (Senior)**
par Anne-Marie Pol

Léonor, seize ans, s'est juré de devenir danseuse étoile. Un accident survenu à une ballerine lui donne l'occasion d'entrer dans une célèbre compagnie. Commence alors pour la jeune fille un combat acharné : longues heures de travail pour dominer son corps, luttes amères pour affirmer sa place dans la troupe...

397 Message extraterrestre
par Philip Curtis

Des écoliers anglais écrivent à des écoliers français. Seul Chris ne trouve pas de correspondant. Très déçu, il s'en va traîner dans son parc favori, lorsqu'une mini-tornade dépose à ses pieds un message codé. Qu'importe ! Le garçon répond, et se retrouve doté d'un correspondant extraterrestre. De fil en aiguille, Chris et deux de ses amis se font embarquer dans un vaisseau spatial...

398 Les épaules du diable (Senior)
par Pierre Pelot

Dans l'Ouest américain, en 1886, les grandes compagnies d'éleveurs de bétail règnent en maîtres. Caine, le fermier, veut protéger son domaine derrière des clôtures. C'est la guerre... et la ruine. Caine va renouer avec le passé, ses seules chances sont de gagner un rodéo. Caine remonte sur les épaules du diable...

399 Quatre de trop
par Marie-Sophie Vermot

Blaise, douze ans, vit avec sa mère, dans un appartement dijonnais. Un beau matin, elle lui annonce son prochain remariage. Oui mais voilà, le futur mari, Aldo, est veuf, et s'installera à la maison avec ses quatre enfants. Blaise est horrifié, va-t-il se laisser envahir par une bande de gosses ?

400 Jean de Bise (Senior)
par Anne Pierjean

Le curé Gaudier règne sur sa paroisse en cet été 1770. Mathilda Delauze dite la Thilda est espiègle et s'amuse à composer des chansons impertinentes. Cette fois, elle a pris pour cible Jean de Bise, bûcheron de son état. Oui, mais la Thilda a seize ans et ses gamineries, aux yeux de Jean de Bise, sont des provocations.

401 **Les enfants baladins (Senior)**
par Lida Durdikova

Ce livre est le témoignage gai et vivant de la naissance de la troupe d'enfants handicapés, pensionnaires de l'Institut Bakulé, qui en sillonnant les routes de Tchécoslovaquie avec leur spectacle de marionnettes ont permis aux enfants de l'Institut de survivre en attendant des jours meilleurs.

402 **Clandestin à l'hôtel (Senior)**
par Dean Hughes

David, orphelin, en a assez d'être trimballé de foyer en famille d'accueil. Un jour, il part, seul, et se réfugie dans un hôtel, où Paul, le portier de nuit, le cache dans une chambre. Le personnel de nuit l'adopte peu à peu, chacun retrouvant ainsi l'illusion d'une famille unie. Mais cela ne peut durer bien longtemps, David, client clandestin, devra trouver une solution durable.

403 **Le prince Caspian**
par C. S. Lewis

Si pour Pierre, Suzanne, Edmond et Lucie une année s'est écoulée depuis leur dernier séjour à Narnia. Dans leur royaume, des siècles ont passé apportant le désordre et la violence. Ils vont s'employer à restaurer la paix, grâce au lion Aslan, et à rendre au prince Caspian le trône injustement usurpé par son oncle.

404 **Un amour de cheval**
par Nancy Springer

Erin, douze ans, n'aime que les chevaux. Elle fait la connaissance de tante Lexie, qui possède un haras, celle-ci se prend d'affection pour Erin et lui apprend même à monter. La jeune fille n'a plus qu'un rêve : avoir un cheval bien à elle. Ses parents lui offrent une jument blanche.

405 **J'ai tant de choses à te dire (Senior)**
par John Marsden

Lorsque Marina arrive à l'internat, elle n'a plus prononcé un mot depuis des mois, depuis qu'un drame a bouleversé sa vie. À l'hôpital, personne ne peut plus rien pour elle, sa mère a donc décidé de l'inscrire dans un collège. En compagnie de filles de son âge, Marina reparlera, c'est ce qu'espèrent les médecins.

406 **La promesse sacrée**
par Concha Lopez Narvaez

Juan a quinze ans en 1492, il vit à Vitoria en Espagne. Un soir, son père lui avoue qu'il n'est pas catholique mais juif. Juan est effondré, pourquoi ses parents lui ont-ils menti, et comment peuvent-ils vivre dans ce que Juan considère comme un mensonge, car toute la famille vit officiellement au rythme des sacrements catholiques ?

407 **Le feu aux poudres (Senior)**
par Jacqueline Cervon

Sur la toile de fond de deux pays soudain sur le pied de guerre, Stavros le Grec, seul en face de Turhan le Turc et d'une équipe de pêcheurs d'éponges, devra subir, la haine que le vent de l'actualité attise. Stavros et Turhan, qui se ressemblent tant, ne sont-ils pas des cousins que l'histoire de leur pays a séparés ?

408 **Premier de cordée (Senior)**
par Frison-Roche

Pierre Servettaz se destinait à l'hôtellerie. Mais son père, célèbre guide de haute montagne, meurt foudroyé lors d'une course. L'appel de la montagne est le plus fort. En allant récupérer le corps de son père, Pierre découvre sa vocation, il sera premier de cordée. C'est lui qui évaluera les difficultés du parcours, qui prendra le plus de risques.

409 Aura dans l'arène
par Pilar Molina Llorente

Aura est romaine, son père est un riche joaillier. Elle vit dans un palais auprès d'une grand-mère autoritaire, entourée d'esclaves. Cette existence bien réglée va basculer le jour où elle suit un jeune garçon dans la rue. Il la mènera dans un quartier inconnu, auprès des premiers chrétiens.

410 La grande crevasse (Senior)
par Frison-Roche

Zian, guide émérite de haute montagne, fait partager à Brigitte, jeune et jolie Parisienne en vacances, son amour de l'alpinisme. Ils se marient, mais être femme de guide est bien différent de ce qu'imaginait Brigitte. La montagne qui les avait réunis les séparera bientôt, à jamais.

411 Une devinette pour Gom (Senior)
par Grace Chetwin

Gom a hérité des pouvoirs de sa mère magicienne. À la mort de son père, il décide de partir retrouver cette mère mystérieusement disparue. En chemin, un moineau lui pose une devinette dont la solution lui dira où aller. Gom affrontera des ennemis farouches mais rencontrera aussi des amis bienveillants.

412 Le requin fantôme
par Colin Thiele

Joe, quatorze ans, n'a jamais entendu parler de l'île Wayward avant de venir vivre à Cokle ni du Balafré non plus. L'île Wayward est un lieu fascinant, perdu en pleine mer aux collines battues par les vents. Le Balafré est un énorme requin, dangereux, et qui rôde, tel un fantôme, dans la baie.

413 **Retour à la montagne (Senior)**
par Frison-Roche

Tous les amis de Zian sont persuadés que Brigitte est responsable de sa mort. Aussi, lorsqu'elle décide de vivre au village, d'y élever son fils, leur hostilité est vive. Pour se faire pleinement accepter, Brigitte réalisera un exploit, prouvant ainsi qu'elle est digne du nom qu'elle porte. Ce roman est la suite de *La grande crevasse*.

414 **Les manguiers d'Antigone (Senior)**
par Béatrice Tanaka

Dana, par l'intermédiaire d'un cahier, raconte sa vie à Sandra, sa fille, dont elle a été séparée. Cinquante années de notre siècle défilent ainsi, ses aventures tant politiques que culturelles. La difficulté pour une femme à cette époque de concilier ses choix de vie et la pression sociale...

415 **La longue marche de Cooky**
par Mary Small

Cooky, dont les maîtres viennent de déménager, s'enfuit de la voiture, et rentre directement à la maison. Oui mais la maison qu'il connaît est très très loin maintenant ! Des mois durant, Cooky traversera une région désolée d'Australie, peuplée de dingos agressifs et sauvages, mais aussi, heureusement pour lui, d'amis qui l'aideront... De son côté, Sam, son maître, ne désespère jamais de revoir son chien.

416 **Trois chiens pour courir**
par Elizabeth Van Steenwyk

Scott partageait avec son père la passion des courses de chiens de traîneau. À la mort de son père, et après le remariage de sa mère, Scott consacrera toute son énergie à reconstituer un attelage de champions...

417 **Tout pour une guitare (Senior)**
par Gary Soto

Alfonso veut impressionner Sandra par ses talents sportifs ; Fausto ne vit que pour la guitare, mais ne peut s'en offrir... Yollie aimerait si fort une belle robe... Les héros de ces dix nouvelles sont les adolescents d'origine mexicaine, les chicanos, pour la plupart sans le sou, mais dignes et âpres à la besogne.

418 **Le dernier sultan de Grenade (Senior)**
par Vicente Escriva

Pendant sept cents ans, l'Espagne islamique rivalise avec la Grèce, l'Egypte et Rome dans tous les domaines. Mais la splendeur du royaume de Grenade est fauchée par les armées d'Isabel la Catholique, en 1492. Boabdil est le dernier sultan de Grenade. Il voulait faire de son royaume un oasis de paix et de beauté. L'histoire en a décidé autrement.

419 **L'élixir de tante Ermolina**
par Liliane Korb et Laurence Lefèvre

Jordi vit avec son grand-père, redoutable professeur en retraite. La cohabitation est difficile. Jules-Norbert, pour soigner une douleur tenace, absorbe imprudemment le contenu d'une vieille bouteille. Le résultat dépasse toutes ses espérances, le voilà avec le corps d'un enfant de dix ans ! Jordi tient une bonne vengeance, mais Jules-Norbert ne trouve pas ça drôle du tout...

420 **Glace à la frite**
par Evelyne Stein-Fisher

À dix ans, Doris est ronde, beaucoup trop ronde. Oui mais elle adore les nounours en gomme et les frites ! Dès qu'un souci surgit, elle se rue sur ses stocks secrets de bonbons préférés... et, résultat, ne rentre plus dans son maillot de bain rose... or elle doit aller à la piscine avec l'école...

421 **Le mouton noir et le loup blanc**
par Bernard Clavel

Trois histoires amusantes mettant en scène des animaux qui ont des préoccupations bien humaines. *Au cochon qui danse*, où un cochon veut être célèbre. *L'oie qui avait perdu le Nord*, Sidonie tente d'entraîner les oiseaux dans son sillage. *Le mouton noir et le loup blanc*, l'amitié d'un loup et d'un mouton, ligués contre les hommes.

422 **La neige en deuil (Senior)**
par Henri Troyat

Isaïe Vaudagne et son frère Marcellin vivent au hameau des Vieux-Garçons. À la suite d'un accident de montagne, Isaïe a dû abandonner le métier de guide. Marcellin ne supporte plus leur vie misérable. Un avion s'écrase sur un sommet proche, Marcellin veut piller l'épave, mais pour cela il a besoin de son frère...

423 **La route de l'or**
par Scott O'Dell

Le capitaine Mendoza est animé par la fièvre de l'or ; le père Francisco veut sauver des âmes ; seule la géographie passionne Esteban... Une grande expédition réunit ces hommes que tout sépare. L'or déclenche bien des passions, même chez le plus pacifique des hommes.

424 **Cher Moi-Même**
par Galila Ron-Feder

Yoav, enfant d'un milieu défavorisé est placé dans une famille d'accueil à Haïfa. Il doit rédiger son journal et se prend vite au jeu. Récits cocasses et serments de vengeance, petits triomphes et gros chagrins, le journal reçoit tout en vrac. Un jour, Yoav a une bien meilleure idée de confident.

425 **Sur la piste du léopard**
par Cecil Bødker

Une nouvelle fois le léopard emporte un veau de Tibeso, le gardien du troupeau. Il part alors au village voisin chez le grand sorcier chercher conseil. Mais le léopard n'est pas le seul responsable des vols, Tibeso le sait, et les brigands savent aussi qu'ils ont été découverts par un enfant. C'est le début d'une course poursuite haletante...

426 **Un véritable courage**
par Irene Morck

Depuis toute petite, Kéri lutte contre la peur. Peur des vaches, peur des autres enfants, et surtout peur de galoper sur la jument que ses parents viennent de lui offrir. Une excursion à la montagne avec sa classe lui donnera l'occasion de prouver à tous que, confrontée à l'épreuve, elle ne se dérobe pas...

427 **Prisonniers des Vikings**
par Torill T. Hauger

Lors d'un raid viking en Irlande, Patric et Sunniva sont capturés et emmenés en Norvège comme esclaves. La société viking obéit à des lois biens étranges et biens rudes pour deux enfants catholiques. Bientôt, ils profitent d'une attaque pour fuir vers l'Islande, reverront-ils un jour leur terre natale ?

428 **Au nom du roi**
par Rosemary Sutcliff

Damaris a grandi au pays de la contrebande, elle en connaît tous les signes. Cette nuit-là, un homme blessé fait partie du chargement, il fuit la gendarmerie. Qui est-il ? Damaris a-t-elle raison de lui porter secours en secret ?

429 Étrangère en Chine (Senior)
par Allan Baillie

Peu après la mort de son père, Leah, adolescente australienne, effectue sa première visite en Chine avec sa mère dont c'est le pays d'origine. Leur voyage est un retour aux sources, mais Leah supporte mal le choc culturel, rien de la Chine ne lui plaît. Sa rencontre avec Ke, qui participe activement à la révolte étudiante de la place Tienanmen, pourrait tout changer...

430 Le Mugigruff la bête du Mont Grommelon
par Natalie Babbitt

Par temps de pluie, des pleurs lancinants s'élèvent du Mont Grommelon. Depuis plus de mille ans, une bête abominable vit là-haut dans la brume à donner des frissons aux habitants du bourg niché au pied du mont. Un garçon de onze ans, en visite chez son oncle, décide d'aller là-haut voir de quoi il retourne...

431 Entorse à la patinoire (Senior)
par Nicholas Walker

Benjamin et Belinda sont partenaires en danse sur glace. Ils ont des dons certains, et le savent. Mais les dons sont loin de suffire et, à trois semaines d'un championnat, rien ne va plus. Chutes, difficultés, déconvenues, blessures, tout se ligue pour fissurer une entente toujours précaire. Entre les adolescents, la tension monte, inexorable...

432 La vie aventureuse de Laura Ingalls Wilder
par William Anderson

Laura Ingalls Wilder a charmé des générations de lecteurs avec sa chronique de *La petite maison dans la prairie*. Dans cette biographie détaillée, ses admirateurs vont enfin trouver les réponses à toutes leurs questions. Des photos de l'époque, le plus souvent extraites de l'album de famille, accompagnent ce récit.

433 **Pour dix dollars (Senior)**
par Mel Ellis

Ham a volé dix dollars pour s'acheter un vélo. Sitôt acheté, le vélo a été volé..., et toute l'horreur de son forfait apparaît au garçon. Impossible d'avouer sa faute. Une seule solution : rendre les dix dollars. Mais chaque tentative pour gagner cet argent se solde par une catastrophe. Ham se souviendra longtemps de cet été-là...

434 **Le livre de la jungle**
par Rudyard Kipling

Mowgli, l'enfant loup, Baloo, l'ours débonnaire, Bagheera, la panthère noire, peuplent la jungle de Kipling. Mais dans *Le livre de la jungle*, nous découvrons aussi Kotick, le phoque blanc, qui veut soustraire ses frères au massacre de l'homme ; Rikki-tikki-tavi, la mangouste qui tue les cobras pour sauver son maître...

435 **Deux filles pour un cheval**
par Nancy Springer

Jenny partage une passion pour les chevaux avec sa nouvelle voisine Shan. Tout semble simple ! C'est compter sans l'hostilité de la classe entière coalisée contre Shan, seule Noire de l'école. Même le paysan voisin qui permettait à Jenny de monter son cheval interdit formellement la venue de Shan sur le pâturage. Les deux amies devront faire face...

436 **Le Roi du Carnaval**
par Bertrand Solet

Le carnaval est une fête folle, c'est le jour où tout peut se dire, presque tout se faire. Protégés par des masques, les jeunes fustigent les méchants, déclarent leur amour aux belles, rêvent de ripailles, inventent l'avenir. Le Roi du Canarval est élu parmi les plus pauvres. Il régnera, le temps d'une nuit étrange...

437 **Les visiteurs du futur (Senior)**
par John Rowe Townsend

À Cambridge, en été, les touristes sont légion, mais la famille que rencontrent John et son ami Allan est vraiment bizarre. Les parents se disent professeurs d'université. Ils avouent ne jamais être venus à Cambridge et semblent pourtant connaître la ville, la circulation automobile les fascine, de même que les bars que le père paraît découvrir avec ravissement. Qui sont donc David, Katherine et Margaret ? D'où viennent-ils ?

438 **Les aventures de La Ficelle**
par Michel Grimaud

Au village, tout le monde connaît le vieux La Ficelle, on aime ses histoires car il en a vu du pays ! Il en a vécu des aventures quand il était chercheur d'or en Guyane, ou seringueiro dans la forêt amazonienne. Il s'est même retrouvé chef d'une tribu d'Indiens... De retour en France, il aime à se souvenir...

439 **La Petite Fadette (Senior)**
par George Sand

Landry et Sylvain sont jumeaux, bessons, comme on dit dans le Berry. Ils sont inséparables quoique très différents. La petite Fadette est une voisine, bien mal considérée, mais n'est-ce pas injustement ? Lequel des deux bessons se fera-t-il aimer d'elle ?

440 **Le monde des Pieuvres géantes**
par France Vachey

Lucile a un grand frère, Grégoire, passionné de jeux vidéo qui passe des heures entières devant sa console. Un jour, Lucile se rend compte que Grégoire est complètement fasciné par son écran, hypnotisé, son regard devient fixe, ses yeux se ternissent... Il faut sauver Grégoire, le délivrer de l'emprise du monde des Pieuvres géantes !

441 L'ombre du Vétéran (Senior)
par Jean Failler

1806, à Concarneau les rumeurs de la guerre contre les Anglais se font plus insistantes. Le Vétéran, vaisseau amiral français, est coincé dans le port. Trois longues années passeront ainsi, et, dans la ville close, aux sept cents habitants se mêleront huit cents marins désœuvrés.

442 Julia, apprentie comédienne (Senior)
par Jutta Treiber

À seize ans, Julia rêve d'entrer dans une école d'art dramatique très réputée et de devenir actrice. Le concours d'entrée est très sélectif aussi Julia suit-elle des cours de manière intensive, négligeant complètement son travail scolaire. Le jour de l'audition arrive, pour réussir Julia devra être brillante dans toutes les épreuves...

443 Notre-Dame de Buze
par Lucette Graas

Dans la presqu'île d'Arvert, la communauté protestante est en proie aux dragonnades. Le bon roi Louis XIV va révoquer l'édit de Nantes. Pour l'heure, Adeline, son frère Jehan et tout le village se réfugient dans des grottes pour échapper aux soldats. Par hasard, elle tombe dans une chapelle enfouie dans la dune qui est très recherchée par les historiens catholiques...

444 Pandora, cochon de compagnie
par Joan Carris

Pandora, adorable truie pygmée, entre dans la famille Dean un beau matin d'été. Adorable ? Certes, intelligente aussi, Pandora adore se promener en voiture, fouiller dans les placards, boire du cocktail et prendre un bon bain dans la baignoire ! De quoi changer, les préjugés qui courent sur la gente porcine...

Cet
ouvrage,
le quatre cent
soixantième
de la collection
CASTOR POCHE,
a été achevé d'imprimer
sur les presses de l'imprimerie
Maury Eurolivres SA
45300 Manchecourt
en mai
1994

Dépôt légal : juin 1994.
N° d'Édition : 17762. Imprimé en France.
ISBN : 2-08-164062-7
ISSN : 1147-3533
Loi n° 49-956 du 16 juillet 1949
sur les publications destinées à la jeunesse